Das Buch

Als sich die Siamkatze Sissi eine neue Heimat sucht, ahnt sie noch nichts von den Aufgaben, die ihr bevorstehen. Denn die Frau, die sie sich für ihr zukünftiges Leben wählt, ist Psychotherapeutin!

Zunächst gefällt Sissi in dem neuen Heim eigentlich nur der dicke beige Teppich, der genau zur Farbe ihres Fells paßt, und vor allem die Aussicht, nie wieder Dosenfutter fressen zu müssen. Doch als dann der erste Patient auftaucht, findet Sissi schnell Gefallen an dem Menschenspiel. Denn ihr ist die katzenschlaue Gabe zu eigen, den Menschen wirklich helfen zu können.

Sie gibt deshalb ihr Versteck auf dem Schrank, wo sie papierflach liegt, bereitwillig auf und macht sich an die Arbeit, ihren ersten Fall zu lösen...

Die Autorin

Stefanie Zweig, in Oberschlesien geboren, lebt heute als freie Schriftstellerin mit ihrer Siamkatze Sissi und deren Töchtern Baby und Cichi in Frankfurt. Für ihre Jugendbücher wurde sie mehrfach ausgezeichnet, u. a. mit dem Gläsernen Globus. Ihre beiden autobiographischen Romane »*Nirgendwo in Afrika*« (01/10261) und »*Irgendwo in Deutschland*« (01/10590) zählten zu den Bestsellern des Jahres.

STEFANIE ZWEIG

KATZE FÜRS LEBEN

WILHELM HEYNE VERLAG
MÜNCHEN

HEYNE ALLGEMEINE REIHE
Nr. 01/10980

Umwelthinweis:
Dieses Buch wurde auf
chlor- und säurefreiem Papier gedruckt.

Taschenbucherstausgabe 10/99
Copyright © 1997 by Langen Müller
in der F.A. Herbig Verlagsbuchhandlung GmbH, München
Wilhelm Heyne Verlag GmbH Co. KG, München
Printed in Germany 1999
Umschlagillustration: Kirsten Laves, München
Umschlaggestaltung: Nele Schütz Design, München, unter
Verwendung des Originalumschlags von
Wolfgang Heinzel, München
Druck und Bindung: Pressedruck, Augsburg

ISBN: 3-453-15234-4

http://www.heyne.de

Für Sissi
zum Dank für ihre Geduld
und wertvollen Tips

1.

$\mathcal{D}$ie Wende war überfällig. Aus Furcht vor Veränderungen hatte ich sie zu oft verschoben, doch ich habe keinen Pfotenschlag gezögert, als mir mein Instinkt für Würde und Selbstbehauptung den Aufbruch gebot. Es war im ersten Herbst meines Lebens. In nur sechs Nächten erkannte ich, daß jede Katze, die mehr sein will als ein menschenverdummtes Haustier ohne Stolz und eigene Persönlichkeit, den Sprung über die Mauer nicht fürchten darf.

Die letzte Woche bot zunächst nur die bekannten Miseren – unpünktlich servierte Mahlzeiten minderster Qualität, hygienisch unzumutbare Verhältnisse, tierisches Unverständnis von liebesunfähigen Menschen und meinerseits immer häufiger Anfälle von schwerer Depression. Einige anonyme Mäuse und Lammfleisch in Jelly aber haben schließlich über mein Leben entschieden.

Am Montag morgen stank eine doppelte Portion von dem Thunfisch, der jede Lebensfreude mordet und Blähungen verursacht, in meinem Napf. Mein Trinkwasser war nicht frisch, das Wohnzimmer verschlossen und ich bis abends um zehn in die winzige

Küche mit dem ehrverletzenden Linoleumboden gesperrt. Dienstag und Mittwoch verliefen ebenso trostlos.

Donnerstag brachte der dicke Anton den neuen elektrischen Dosenöffner mit, ließ ihn ohne Anlaß probeheulen und rief auch noch frech: »Ho!Ho!« Freitag schleppte seine Frau das Sonderangebot von Dosenfutter aus dem Supermarkt an, sagte wieder einmal »Hallo, Katze« zu mir und versuchte, beim Heimkommen meinen Rücken mit ihrem Fuß zu berühren. Sie hielt diese dreiste Berührung grundsätzlich für Streicheln und meine Abwehr für Zustimmung.

Eins muß ich am Anfang dieser Geschichte betonen: Ich bin sanft, nicht nachtragend, sehr bescheiden und durchaus auch kompromißbereit. Wenn mich ein geachteter und geliebter Mensch überzeugen kann, daß ich ausnahmsweise mal nicht recht habe, verhalte ich mich nicht wie ein Mensch. Ich finde, Vorurteile sind kein Beweis von Erfahrung und Intelligenz, und bin allzeit flexibel genug, meine Meinung zu ändern – wenn es sein muß. Kränken aber lasse ich mich nicht, und ich lehne es aus Prinzip ab, über Beleidigungen auch nur zu diskutieren. Elektrische Dosenöffner, die Tierfuttermittelindustrie und Menschen, die zu spät nach Hause kommen und dann ihrer Katze »Hallo« sagen, sind für mich kein Thema.

Selbstverständlich können kulturlose Leute, die sich und die Ihrigen aus Dosen ernähren und auch sonst keine Manieren haben, nach den heute gültigen Maßstäben charakterlich einwandfrei und durchaus imstande sein, für die Grundbedürfnisse ihrer Hausfreunde zu sorgen, aber sie sollten sich keine Katzen ins Haus holen, sondern lieber Schildkröten im Keller halten. Oder gleich Plüschtiere sammeln. Bestimmt galt Anton, in dessen Wohnung ich als unschuldiges Jungtier geraten war, in seinen Kreisen als gutmütig und zuverlässig. Aber je älter ich wurde, desto mehr störte mich, daß er den einzigen bequemen Sessel beanspruchte, unangenehm nach Bier roch, die besten Brocken alleine fraß und seine Frau taktloserweise in meiner Gegenwart »Mausi« nannte. Wie sie wirklich hieß, habe ich nie erfahren.

Sie war ständig abgehetzt und miesduftete ebenso, trug Stöckelabsätze, die schlimm auf dem teppichlosen Boden in Küche und Diele lärmten, und immer brettharte Jeans. Die empfinde ich als pfotenunfreundlich und schmusefeindlich. Als Hausfrau war die Hosenträgerin indiskutabel. Meistens fütterte sie sich und ihren Anton mit Pizza (nur Gemüse!) und Frühlingsrollen ab, die spätabends in großen weißen Kartons angeliefert wurden. Natürlich hatte sie auch nicht den notwendigen Spürsinn für die feinere Lebensart, die eine Rassekatze braucht, um wenigstens zufrieden zu sein. Hätten mir Pizza-Anton und seine Fertiggericht-Frau sonst den albernen Namen Cleo und einen Blechnapf zugemutet, den sie ausgerechnet neben meine Toilette stellten?

Die beiden hielten sich, weil sie mich einst aus einem Tierheim geholt hatten, in dem meine bedauernswerte Mutter niedergekommen war, für gut und katzenfreundlich. Aus ihrer Sicht mag das sogar gestimmt haben, aber mir reicht es nun mal nicht, ein Dach über dem Kopf und einen vollen Napf zu haben. Selbst das alberne Wort Streicheleinheiten trifft auf meine Vorstellungen vom wahren Katzenglück nicht zu. Die flüchtig tätschelnde Hand ist mir zu wenig. Um schnurrselig zu sein, will ich standesgemäß speisen, geliebt werden und selber lieben können.

Allerdings habe ich nie versucht, Anton und Mausi auf mein Niveau zu heben. Die beiden waren dressuruntauglich und unfähig zur Hingabe. Kein einziges Mal sprang ich auf Mausis knochigen Schoß, nie strich ich um Antons Beine. Männer, die zu Hause Pantoffeln tragen, haben kein Flair und stehen für mich auf der gleichen erotischen Stufe wie Kartoffelchips-Mümmler. Lieber lasse ich mein Herz verkümmern, als es einem Unwürdigen zu schenken.

Meine sogenannten Bezugspersonen waren von beklagenswertem Mittelmaß. Wirklich wichtig schienen ihnen nur Radieschen und Rosenkohl. Ihren Schrebergarten, aus dem sie im Sommer verschwitzt, mit vollen Obstkörben und liederlich gebundenen Blumensträußen nach Hause kamen, die sie in Einmachgläsern hätschelten, liebten die beiden wie einen Hamster, der ja auch nur Arbeit macht, ohne sich dafür zu bedanken. Sie konnten, während sie an ihren selbstgezogen Karotten kauten, stundenlang von Regen und Rasen reden, ereiferten sich über Rosensamen und Rettiche und quatschten von Biomüll und Käfern. Ich bin aber nun mal keine Landpomeranze, hörte also selten bei solchen Gesprächen zu und döste vor mich hin.

Am Samstag vor unserer Scheidung wachte ich allerdings im genau richtigen Augenblick auf. Unmittelbar nach der Übertragung der Lottozahlen im Fernsehen sagte Anton: »Ich habe schon wieder zwei neue Mauselöcher entdeckt. Es wird wirklich Zeit, daß wir Cleo in die Hütte schaffen.«

Zunächst glaubte ich, daß ich mich verhört hätte. Ich konnte mir einfach nicht vorstellen, daß von mir die Rede war und ich fortan in einem Schrebergarten logieren sollte. Die Idee war ebenso roh wie absurd. Als Anton aber immer weiter von Mäusen und den Schäden unter seinem Apfelbaum quasselte, erkannte ich doch sehr schnell den Ernst meiner Lage.

Empörung und Wut lähmten mich. In mir würgten Schmerz und Ekel. Trotz aller Vorbehalte gegen die Radieschenfans wäre ich nie auf die Idee gekommen, daß Leute so infam und grausam sein können. Katzen sind doch keine Menschen. Uns kann man nicht nach Belieben umsiedeln und Aufgaben zuweisen, die unsere Ehre verletzen. Wir sind zum Herrschen geboren, nicht zum Dienen geschaffen. Gerade eine Siamkatze ist eine edle Persönlichkeit und kein gemeiner Dorfkater, der sich sein Futter durch die doch sehr ordinäre Mäusejagd verdienen muß. Ich bin keine Killernatur und habe ein gespaltenes Verhältnis zu Mäusen. Ich töte sie, wenn überhaupt, höchstens zum Spaß und dann, um sie Menschen, die ich achte, als Zeichen meiner Liebe zu Füßen zu legen.

»Wir könnten sie ja morgen hinbringen«, sagte Mausi, »da haben wir Zeit zu sehen, wie sie sich in der Laube eingewöhnt.«

»Nicht mit mir«, hißte ich, »mich kriegt keiner in eine Dreckslaube.«

Ich wußte nur allzu gut, daß die beiden mich nicht verstehen konnten, aber ich brauchte in diesem grauenerregenden Moment den Klang meiner Stimme. Ich mußte mich laut zum Widerspruch ermutigen, wollte ich nicht für immer verstummen.

»Für eure blöden Mäuse müßt ihr euch schon einen anderen Clown suchen«, brüllte ich.

»Was das Viech immer nur hat?« fragte Anton, dummkratzte sich am Kopf, trank sein Bier aus und ging ins Bett.

Ich beneidete ihn sehr um seinen Schnarchschlaf. Für mich wurde es eine unruhige und lange Grübelnacht. Ich fühlte mich gedemütigt, unverstanden und ungeliebt. Mein Stolz war gebrochen, mein Selbstbewußtsein von einem gewissenlosen Dosenmonster zermalmt worden.

Ich wollte nur weg von Menschen, die die Würde einer Katze so grob mißachteten, und doch hatte ich Angst vor der ungewissen Zukunft, die mich erwartete. Wir Siamesen lieben unsere Freiheit mehr als unser Leben, und wir sind bereit, unser letztes Barthaar für unsere Souveränität zu opfern. Wir haben aber niemals darauf bestanden, die Barrikaden selbst zu erstürmen. Siamkatzen sind Denker. Sie lassen lieber diejenigen handeln, die mehr Kraft in den Pfoten als im Hirn haben.

War ich dem Überlebenskampf auf der Straße überhaupt gewachsen, der vulgären Balgerei um Futter, der unverdaulichen Moral der Mülltonnenwühler? Ich wußte noch nicht einmal, wie eine Katze um Asyl bittet, ohne Schaden an ihrer Seele zu nehmen. Meine Unentschlossenheit und Panik machten mich appetitlos und melancholisch. Ich war kummerkrank, sorgengebeutelt und nicht mehr imstande, mein Fell zu putzen, meine Erniedrigung wegzulecken, wollte nur noch schlafen und nie mehr denken. Meine Pfoten schmerzten und noch mehr mein Herz.

Am Sonntag morgen wachte ich mit trüben Augen und trübem Sinn auf. Noch immer wußte ich nicht, wie ich reagieren sollte. Früher als sonst stampfte Anton in die Küche. Er ließ den verhaßten Dosenöffner aufheulen, spachtelte das Futter aus der Dose, während er zum Fenster hinaussah, nahm noch nicht einmal eine Gabel, um mundgerechte Happen aus dem Matsch herauszudrücken, und brummte ein paar Worte vor sich hin, die ich nicht mehr gehört habe. Ich sah nur meinen Napf, und mit einem Mal begriff ich, was ich zu tun hatte.

Springen, fliehen, wieder eine Katze werden, die sich nicht vor sich selbst schämen mußte! Die Zeit der Selbstverleugnung war vorbei, vorbei, vorbei.

Meine Krallen wurden scharf und tatenfroh. Dieser Hundsmensch hatte mir tatsächlich Lammfleisch in Jelly aufgetischt – das neueste Produkt der Firma Felidia. Ich kannte es aus der Fernsehwerbung und war entschlossen, es nicht zu kosten. Die großen Brocken glänzten grau im Wabergelee. Sie rochen ebenso penetrant wie das Kaninchen in Wildsauce, das die Firma vor einigen Wochen nach Protesten der Europäischen Katzenunion vom Markt genommen hatte. Lieber wollte ich mein ganzes Leben lang Mäuse fangen als nur ein einziges Mal Lammfleisch in Jelly zu essen.

Anton pantofellschlurfte aus der Küche zurück ins Schlafzimmer. Ich sah seinem Bierbauch nur einen Augenblick nach, rief ihm zu, er solle »Mausi« und alle seine Mäuse im Schrebergarten grüßen, und gönnte mir die letzte Bedenkzeit, die wir Siamesen brauchen, um uns ganz sicher zu sein, daß wir keiner impulsiven Regung nachgeben. Wir mißbilligen Spontanhandlungen und begeben uns nie auf die niedrige Ebene plötzlicher Wutausbrüche.

Langsam hob ich den Kopf und fixierte das offene Fenster. Wer uns schwarzgesichtige Schönheiten nicht kennt, hätte meinen können, ich plante einen trägen Tag und träumte von Kaviar und Kuschelmenschen, doch ich war bereits reisefertig und muskelangespannt. Leichtpfotig und auf eine seltsam belebende Art auch vergnügt, sprang ich auf das Fensterbrett, schaute in die totale Tiefe, kugelte meinen Körper ein und raste der unbekannten Fremde entgegen.

Wie günstig waren mir die Umstände, wie gnädig das Schicksal. Sanft landete ich auf dem kleinen Rasenflecken des winzigen Vorgartens, blieb nur kurz liegen, konnte ohne Benommenheit meine Pfoten behandeln, meine Ohren ausschütteln und die Muskeln lockern. Geschmeidig schlüpfte ich durch den Lattenzaun, machte meinen Körper groß und eindrucksstark und ließ endlich den Rausch zu, nach dem es mich so lange verlangt hatte. Ich war frei, konnte gehen, wohin ich wollte, mir einen neuen Menschen suchen oder nicht, vielleicht sogar ein neues Heim. Das einzig mögliche Katzenglück war mein – ich würde nur noch dem Liebe schenken, der meiner Liebe würdig war.

Zufrieden lief ich die sonntäglich stille Straße entlang, hörte Amseln locken, einen Hund töricht bellen, spürte die herbstliche Mildsonne auf meinem Rücken, sah Menschen, die mich nicht bemerkten, und erreichte bald eine breite Allee mit blattraschelnden Bäumen in der Mitte und zu beiden Seiten Autos, die wie Lammfleisch in Jelly stanken und wie ausgerastete elektrische Dosenöffner lärmten.

Ich rannte und schlich, blieb stehen und meditierte, sah furchterregend hohe Häuser mit dicken grauen Mauern und großen Fenstern und fühlte immer wieder, daß ich weiter wollte und nicht wußte, wo-

15

hin. Das Ziel war ungewiß, und doch kannte ich die Richtung. In mir war keine Angst, aber ich spürte doch schon den kleinen Hunger und den großen Durst.

»Bleib nicht stehen, weiter mußt du gehen«, befahl meine Kehle den Pfoten.

Mein Schatten war groß, als ich schließlich zu hübschen, niedrigen Häusern gelangte. Anders als die vielen Gebäude zuvor, die ich auf meinem langen Marsch gesehen hatte, wirkten diese Häuser mit ihren weißen Mauern und roten Dächern absolut nicht mehr wie Käfige für Legehennen. Sie schienen mir behaglich, ruhig und warm. Ich stellte mir vor, daß Menschen, die in solchen Häusern wohnten, bestimmt angenehm waren und Sinn für Harmonie und Schönheit hätten. Gewiß auch bequeme Sofas, weiche Betten, artgerechte Teppiche und kultivierte Saucenrezepte.

Einmal glaubte ich, eine gute Hollandaise zu riechen. Oder war es eine in Butter geschwenkte Scholle? Ach, schon das bißchen Phantasie hat mich korrumpiert. Ob wir es zugeben oder nicht, Katzen sind Sklaven eines Naturells, das sich nach Sicherheit, Ruhe und Zuspruch sehnt. Wir haben die große Freiheit zu unserer Sache gemacht, und natürlich verteidigen wir sie bis zur letzten Kralle, aber wir schätzen es sehr, wenn die Freiheit gemütlich ist und nach Speck und Sahne duftet. Und nach Liebe. Nie hätte ich gedacht, daß ich das so schnell erkennen würde. Ich war kaum von den Menschen

d schon sehnte ich mich nach der Zärtlich-
ner Streichelhand, nach einem sanften Wort
uten Mahl.
Die Heftigkeit meines Verlangens beschämte mich.
Sie ließ mich die Müdigkeit meiner Glieder spüren,
die Schwäche meines Willens und den Schmerz der
Ausgestoßenen. Am Ende war ich gar keine richtige
Krallenemanze, sondern nur eine zarte, schutzbe-
dürftige Katze ohne Habe und ohne Hoffnung.
Verwirrt schlüpfte ich durch eine dichte Hecke in
einen großen Garten. Astern nickten mit schweren
Köpfen, die Erde roch süß, noch wärmte die Sonne.
Ich hörte Vögel im Gebüsch. Oder war es die hohe
Tanne, die mir zurief? Der zweite Ast wippte einla-
dend im Wind. Ich machte meinen Körper klein, er-
stürmte den freundlichen Baum und schlief sofort
ein. Erst am nächsten Morgen wachte ich auf.
Kaum hatte ich meine Augen geöffnet, sah ich die
große helle Küche. Schneeweiß waren die Gardinen, gut geputzt der Herd, auf dem zwei goldene
Töpfe standen. Wer in denen rührte, war bestimmt
kein Ketchup-Typ, der Lammfleisch in Jelly aus
Dosen grub. Natürlich habe ich mir gesagt, daß Unabhängigkeit in einem Katzenleben sehr viel mehr
wert ist als ein schöner Suppentopf und daß ich
mich nicht an die erstbeste Bratpfanne binden
durfte, aber ich konnte meinen Blick nicht mehr
von dem katzentollen Küchenparadies abwenden,
das sich mir aufgetan hatte.
Der Tisch aus gutem bißfesten Holz war so niedrig,

daß ich mich im Stehen würde bedienen könne.
Der Mülleimer ließ sich leicht öffnen. Der Kühlschrank hatte einen Griff, den ich mit einem einzigen Pfotentwist aufbekommen konnte, die Tür zur
altmodischen Speisekammer stand offen. Noch sah
ich nichts, aber Visionen von Butter und Salami trie-
ben die gefährliche Hungerglut in meine Augen.
»Abwarten ist erste Katzenpflicht«, warnte ich mich.
Und doch beschäftigte mich die Kardinalfrage sehr,
wie eine Katze so unauffällig um Asyl bittet, daß
es aussehe, als sei sie nur zu einem nachbarli-
chen Plausch vorbeigekommen. Selbstverständlich
löste ich das Problem rasch und souverän, aber noch
mußte ich prüfen, ob es zukunftsklug war, eine
so wichtige Entscheidung einem leeren Magen zu
überlassen. Ich beschloß, bis Sonnenuntergang zu
meditieren und mich mit dem Bestaunen der Küche
zu begnügen.
Schon am frühen Nachmittag indes siegte meine
Neugier. Ich schlüpfte auf den untersten Ast und
hatte von dort einen großartigen Blick auf den
hellen Wohnraum. Tiefe Sessel und ein allerlieb-
stes Zweisitzersofa waren mit kratzanimierendem
Plüsch überzogen. Überall lagen kleine farbige Kissen aus Seide. Obwohl ich noch nie Seide touchiert
hatte, drängte es mich nach solch schillernder Herr-
lichkeit. Meine Krallen zuckten.
Ein runder Tisch mit geschwungenen Beinen – optimal, um einen Katzenrücken froh zu reiben –
stand auf einem dichtgewebten beigen Teppich.

Verzückt stellte ich mir vor, wie gut dieser Teppich zu meinem cremefarbenen Fell passen würde – Klassekatzen mit Stilempfinden schätzen es nun mal, wenn ihre äußere Erscheinung mit der Wohnungseinrichtung harmoniert.

Auf dem Tisch lag ein bordeauxfarbener Läufer mit schwarzen Schlangenlinien und hellen Medaillons. Großer Herzjubel. Nur ein feinsinniger Mensch schützt seine Tischplatten mit Teppichen. Biederleute kaufen glitschige Satindecken, an denen unsere empfindsamen Krallen hängen bleiben, was uns nervös und lächerlich macht.

In meiner Kehle explodierten Schnurrlaute. Noch während ich mein Fell leckte und sorgsam Brust und Kopf putzte, begriff ich die Botschaft. Die Hausherrin (es konnte nur eine Frau sein, die auf einen so kuscheligen Teppicheinfall gekommen war) verdiente es, daß ich ihr wenigstens die Chance gab, mich kennenzulernen.

Lange brauchte sie nicht zu warten. Mit einer Gießkanne betrat die Schloßherrin ihr Gemach und schritt zu ihren Grünpflanzen. Welch exquisites Augenfutter! Die Frau war ebenso schön wie ihre Sessel und Teppiche und trug einen langen, weiten Rock aus leichtem Samt. Dieser Schmuserock mit den tiefen Falten, die ideal waren für eine zärtlich gestimmte Katze, war ein Wunder. Mein Herz sagte mir, daß ich diese außergewöhnliche Erscheinung, die in ihrem gepflegten Heim Röcke trug statt Schlamperjeans, unbedingt adoptieren mußte.

Rockfrauen sind bekanntlich sehr liebesfähig und leicht dressierbar. Meine war zwar ein wenig zu groß geraten, aber rundum gut gepolstert. Ihre beruhigende Körperfülle quoll appetitlich aus Rockbund und Bluse. Herrliche lange Haare fielen auf breite Schultern. Schon sah ich mich auf ihrem Schoß liegen und schmusen. Wie mochte die Haut dieser wohlgenährten Glücksfee riechen? Bestimmt waren ihre Hände warm und freigebig, ihre Speisekammer gut gefüllt.

Ein verfrühter Bettellaut entschlüpfte meiner Kehle. Ich schüttelte den Kopf. Schwere Tropfen fielen von meinen Ohren. Es hatte zu regnen begonnen. Blitze zuckten. Der erste Donner bellte. Zwar gehöre ich zu dem kleinen Kreis auserwählter Katzen, die weder Feuer noch Gewitter fürchten, aber ich spürte, daß ich nicht länger ohne Schutz und Labung bleiben durfte, wollte ich den Sprung in mein neues Glück als gepflegte Erscheinung antreten. Menschen glauben immer nur an den ersten Eindruck.

Heftiger Sturmwind drängte meine Pfoten zur Tat. Rasch kletterte ich vom Baum herunter, rannte zum Haus, drückte meinen nassen Körper einen Moment gegen die Mauer und sprang auf das Fenstersims. Mit der linken Vorderpfote kratzte ich gegen die Fensterscheibe. Meine langhaarige Adoptivtochter war gerade dabei, einen Teller auf den Tisch zu stellen, und hörte nichts. Ich buckelte mich groß, trommelte nun mit beiden Vorderpfoten und allen

Krallen gegen die Scheibe und schrie mich kehlenwund.

Es dauerte menschenewig, ehe die süße Rockerin die Geräusche ortete und zum Fenster ging. Sie streichelte ihre Stirn und liebkoste eine Rose.

»Bist du immer so begriffsstutzig?« brüllte ich.

Sie riß das Fenster auf. Wehende Haare flogen auf mich zu; die weiße Haut ihrer kräftigen Arme erhellte die Dämmerung.

»Es regnet ja junge Hunde«, erzählte sie sich.

»Hier regnet eine arme kleine Katze ein, Madame«, rief ich.

Da hat sie mich endlich entdeckt und sofort beide Hände nach mir ausgestreckt. Ich wich zurück. Sie sollte mich scheu und verwirrt wähnen. Allein der Mensch kann gezähmt werden, den es übermächtig drängt, einem hilflosen Geschöpf Obdach zu gewähren. Der Schönen gelang es nur mit großer Anstrengung, mich zu berühren. Sie lehnte sich weit aus dem Fenster und buhlte mit herzschmelzenden Locklauten um meine Gunst, doch ich blieb klug und kühl. Sie sollte zu mir kommen, nicht ich zu ihr.

»Was machst du hier?« fragte sie. »Mein Gott, du bist ja pitschnaß, du armes Ding.«

Ihre Stimme war herrlich, voll wie ihre Brust und der Schwung ihres Rockes. Berauscht flogen ihr meine Ohren zu, doch ich ließ sie nichts wissen von meinem Sieg, sondern duckte mich tief, als hätte ich Todesangst vor ihrer Hand. Entschlossen hob mich meine Retterin vom Fenstersims herunter.

Sie trug mich, die ich meinen Körper brettsteif machte, so vorsichtig zum Sofa, als fürchtete sie, meine zarten Glieder könnten brechen. Zuerst setzte sie sich selbst auf ein rosa Kissen, bettete dann mich auf ihren weichen Schoß und begann, meinen Bauch und Rücken mit dem Ärmel ihrer Bluse trockenzureiben.

»Gibt's bei dir keine Handtücher«, fauchte ich, doch ich ließ sie beglückt gewähren.

Mit zwei heißen Fingern, die aufregend nach Maiglöckchen dufteten, strich die Trostspenderin über die schwarzen Socken meiner Pfoten, streichelte meine Nase und gurgelte die ganze Zeit feine kleine Seufzer aus ihrem Mund, als wäre sie und nicht ich dem Regen entronnen.

Bereits in diesem Moment hat sie sich mir ausgeliefert. Ich bin überhaupt nicht eitel, aber Wahrheiten darf man ruhig aussprechen: Den blauen Augen einer Siamkatze kann kaum ein Mensch widerstehen.

»Wie schön du bist«, sagte meine Bewunderin, »ich wette, du weißt es auch. Oder schaut man bei euch nicht in den Spiegel?«

Ihr Lachen war sanft wie gute Katzenmusik. Sie ging rockschaukelnd in die Küche und kehrte mit einer zierlichen Untertasse zurück. Als ich das weiße Porzellan sah, wußte ich, daß ich die richtige Wahl getroffen hatte. Wer einmal aus dem Blechnapf fraß, kann sich auf seinen Instinkt verlassen.

Die warme Milch dampfte lockend und schlug

kleine Wellen, doch ich rührte mich nicht vom rosa Kissen und machte meine Augen spaltklein. Ich durfte nicht hungrig, nicht gierig wirken und schon gar nicht wie eine kalbsdämliche Katze, die sich ihren Stolz für ein läppisches bißchen Milch abkaufen läßt.

Zu groß war die Versuchung. Ich sprang vom Sofa und ließ es zu, daß meine Zunge wie ein Pfeil aus dem Mund schoß, beugte mich tief über die Untertasse und trank noch den letzten Tropfen aus. Wie ein vulgärer Dorfköter habe ich mich aufgeführt. Ich schleckte sogar das Tellerchen rein und genierte mich sehr, doch ich spürte die sättigende Hitze in jedem Glied und schnurrte den kleinen Dank und die große Zufriedenheit.

»Wahrscheinlich hältst du das für einen Willkommenstrunk«, sprach meine Milchfrau und faltete ihre Stirn, »aber da hast du dich gründlich getäuscht. Am besten ich sag's dir gleich. Ein Tier kommt mir nicht ins Haus. Die gute Julia ist kein Typ für Bindungen. Das wird dir jeder bestätigen, der mich kennt.«

Als die rührende Plapperziege das sagte, habe ich mich in sie verliebt, in ihr schönes Dummgesicht, in ihren Namen, ihre Naivität und Wehrlosigkeit, doch sie hat nichts von meiner Erregung gespürt.

»Du Unschuldsengel«, sagte ich, »was verstehst du schon von Katzen? Quatsch nicht so blöd herum und hol mir lieber eine zweite Portion.«

Julia hat nur mein Faucherchen und das große

Glücksmaunzen gehört. Süß verlegen stand sie mit offenem Mund herum und spielte mit ihrem Haar. Wahrscheinlich würde sie meine Sprache nie erlernen, aber das war nicht wichtig. Hauptsache, ich verstand sie. Auf meine Menschenkenntnis war Verlaß. Frauen wie Julia mit Sinn für schönes Porzellan hatten das Talent, eine Katze glücklich zu machen. Nur das zählte.

Sie holte noch einmal Milch aus der Küche und sagte ziemlich albern, aber bewegend warmherzig: »Prost.«

Diesmal schlürfte ich nur einige Tropfen. Dann zwang ich mich fort vom nährenden Liebestrank, lief zum Tisch, rieb meinen Rücken an seinen Beinen und begann, mich auf dem weichen Traumteppich zu putzen. Schon gehörte er mir. Wie sie. Lange kaute ich an jeder Kralle und beobachtete, während ich die Nägel ausspuckte, meine bezaubernde Julia. Ob sie wirklich nicht wußte, daß die Katze sich für den Menschen entscheidet und nicht der Mensch für die Katze? Die Magie war alt und doch ewig neu. Julia hatte mir ihren Namen verraten und wußte nicht den meinen.

Mir war nach dem Beweis zumute, daß ich mich nicht getäuscht hatte. Ich stand schwerfällig auf, streckte mich klagend und hinkte mit der rechten Hinterpfote.

»Du armes Tier«, jammerte meine ahnungslose Beute, »bist du verletzt? Komm her. Laß mich mal dein Pfötchen abtasten.«

»Ist alles bestens«, lachte ich, machte ein paar graziöse Luftsprünge und den kleinen Salto.

»Gott sei Dank«, rief sie, »ich hab mir eingebildet, daß du lahmst.«

»Setz dich lieber wieder hin«, befahl ich.

Und es klappte. Sie ging zum Sofa und schlüpfte aus ihren Schuhen. Ihre Füße waren nackt, der große Zeh schön fleischig. Ich knabberte zärtlich an ihm, legte meinen Kopf zur Seite, kullerte mit runden Augen und bettete mich auf ihren Fuß.

»Du kokettes kleines Biest«, schimpfte sie, doch hat sie sich nicht zu bewegen gewagt.

Natürlich wurde ich wach, als Julia mich in ihr Schlafzimmer trug, aber so satt, schlafschwer und selig, wie ich war, fiel es mir leicht, die Augen nicht zu öffnen. Ich atmete wie ein erschöpftes Tier, das im letzten Moment vor dem Tod errettet worden ist.

»Nur heute«, murmelte Julia und legte mich auf ihr Bett.

»Denkste«, jauchzte ich.

2.

*J*ch trinke lieber frische Sahne als Milch«, gestand ich Julia zwei Tage nach meiner Ankunft.

Mein bescheidener Wunsch ging zwar mit einer Woche Verspätung in Erfüllung, ich blieb jedoch geduldig. Julia durfte nicht überfordert werden. Sie war leider lernschwach und verstand selten, was ich ihr mitteilen wollte, weil sie kein Gefühl für Körpersprache hatte. Um so liebenswerter war ihr großer Eifer, sich auf mich einzustellen. Wir hatten uns zu einem äußerst günstigen Zeitpunkt kennengelernt. Zu Beginn unserer Partnerschaft ging Julia kaum aus dem Haus und widmete sich mir mit einer Hingabe, die meine Erwartungen weit übertraf.

Hatte meine Auserwählte auch keine Ahnung von Katzen, so doch eine natürliche Begabung, um aus Leben Lust zu machen. Die erste Inspektion von Kühlschrank und Speisekammer war Beweis genug. Sie waren beide gut und durchdacht gefüllt und ließen den Schluß zu, daß Julia Spaß daran hatte, sich selbst ordentlich zu versorgen, obwohl sie offensichtlich allein lebte. Mir war klar, daß sie gewiß keine Mühe scheuen würde, um auch mich glücklich zu machen.

Ihr gesunder Appetit und die Art, wie sie ihm nachgab, machten mir sättigend bewußt, daß ich auch kulinarisch das große Los gezogen hatte. Julia hatte nur einen altmodischen, kaum benutzten Dosenöffner, kam ohne die heute leider gängigen billigen Gewürztricks aus und kochte mit ebensoviel Fett wie Liebe. Obwohl ich Spaghetti nicht al dente schätze, delektierte ich mich – zu ihrer großen Freude – bei unserem ersten Mahl an einer köstlichen Miesmuschelsauce.

»Nur den vielen Knoblauch solltest du dir abgewöhnen«, schlug ich vor.

Auch zwischen den Mahlzeiten stellte ich mich voll auf die famose Löffelschwenkerin ein und beschränkte meine Schlafphasen auf das nötige Minimum. Das war enorm stressig, doch ich habe das Opfer nie bereut. Eine Katze, die im diffizilen Kennlernstadium auf Eigenleben und Ruhepausen besteht, sollte erst gar nicht versuchen, einen Menschen mit ausgeprägter Persönlichkeit und Vergangenheit zu dressieren. Für bequeme Naturen empfiehlt sich eher eine Wohngemeinschaft junger, unkomplizierter Leute.

Ich startete umgehend mit dem Lehrpensum. Es war wichtig, Julia klarzumachen, daß ich nicht als flüchtiger Gast in ihr Haus gekommen war. Zunächst mußte ich ihr dennoch die Illusion lassen, sie hätte noch alle Trümpfe in der Hand. Es ging ihr nicht allein darum, ihr Gesicht zu wahren. Mir dämmerte sofort, daß ihr Herz irgendwann einen großen Schock erlitten haben mußte und daß sie seither Angst hatte, ihren Gefühlen zu vertrauen.

Die Ärmste machte es sich unnötig schwer. Sie langweilte mich mit ihren abstrusen Vorstellungen von Individualität und Unabhängigkeit, fürchtete dabei jedoch auf entlarvende Weise, ich könnte sie beim Wort nehmen und sie wieder verlassen. Ich mutmaßte ein frühkindliches Trennungstrauma.

Julia ließ nie die Wohnungstür offen, baute sich wie eine Gefängniswärterin vor offenen Fenstern auf oder kippte sie in die Schräge – ein sicheres Zeichen, daß sie von Katzen keine Ahnung hatte.

»Hör auf mit dem Quatsch«, beruhigte ich sie, als sie wieder einmal hysterisch zur Tür raste, »ich weiß genau, was ich will. Hierbleiben. Also räum endlich dein Badezimmer auf.«

Das Badezimmer war eine Aromawonne. Es duftete himmlisch nach den Maiglöckchen, die mir am ersten Abend angezeigt hatten, daß ich und Julia füreinander bestimmt waren. Mich störten nur die vielen Flaschen, Töpfchen, Tuben und Dosen auf dem kleinen Wandregal, das ich als Absprungbasis zum Medizinschrank brauchte.

»Komm da bitte runter«, mißverstand Julia, als ich geschickt mitten in ihrer Flaschenbrigade landete. Sie versuchte noch, mir mit ihrem Finger zu drohen, senkte ihn jedoch prompt, als die Scherben flogen und große Wolken von Maiglöckchenduft auf sie niederrieselten.

»Ausgerechnet mein teures Diorissima«, jammerte der kleine Schreihals, »das ist mein Lieblingsparfüm.«

»Meins auch«, dankschnurrte ich verzückt.

Beglückend still hat Julia die Glassplitter eingesammelt und das Regel entsorgt; noch heute zählt der Medizinschrank über dem Waschbecken zu meinen Lieblingsplätzen. Die Leuchtröhre des Schränkchens wärmt famos und hat genau die richtige Länge für mich. Will ich mich von Grund auf entspannen, kringele ich meinen Schwanz um den Körper, bette den Kopf auf die Vorderpfoten und hänge die beiden anderen herunter.

»Na, läßt du deine Seele baumeln?« fragte Julia jedes Mal, wenn sie mich so liegen sah, und stets hat sie geseufzt und ihre Augen dunkel gemacht.

Ich zuckte anfangs nur leicht mit der Pfote. Konnte ich ahnen, weshalb sie oft von der Seele sprach und daß ihre auf der Suche war? Zunächst wußte ich ja nur, daß Julia einen Komplex hatte und ich ihr den ausreden mußte. Diese liebenswerte, vertrauenerweckende Frau machte sich ein total verzerrtes Bild von ihren Fähigkeiten. Weil ich bleiben wollte, war es meine Aufgabe, ihr umgehend begreiflich zu machen, daß sie, ganz entgegen ihrer Vermutung, eine große Begabung zur Liebe hatte und durchaus bindungsfähig war.

Es wurde mir Ehrenpflicht, Julias Selbstvertrauen

zu stärken. Die Gute brauchte im wahren Wortsinn nur einen freundlichen Schubs, um an sich und ihr gütiges Herz zu glauben. Schon nach den ersten paar Tagen der neuen Zeitrechnung verließ ich, kaum daß es hell wurde, den kuscheligen Platz am Fußende des Betts. Energisch pfotete ich über Julias komfortablen Körper, setzte mich neben ihren Kopf und schleckte sehr vorsichtig ihr Gesicht ab. Drei Leckerli genügten. Dann war sie wach genug, um mitzudenken.

»So zärtlich hat mich seit Jahren niemand mehr geweckt«, staunte sie beim ersten Mal. Ihr Flüstern verriet mir alles, was ich wissen wollte und mußte.

Ich knabberte vorsichtig an ihrem Hals. Sie begann zu kichern, ich zu schnurren. Wir vergnügten uns mit diesem schönen alten Lockspiel, als hätten wir uns seit Jahren gekannt.

»Du hast ja eine ganze sanfte Stimme, Prinzessin«, lachte Julia.

Es war das erste Mal, daß sie mich so nannte. Ich dankte ihr mit lautem Jubelschrei; sie erschrak so sehr, daß ich mir fast einen Vorwurf gemacht hätte, aber ich schrie noch einmal. Es war besser, Julia von Anfang an daran zu gewöhnen, daß Siamesen nicht wie der Rest der Katzenwelt miauen. Bei uns klingen Freude – und Klage – in menschlichen Ohren wie das Wort »Mama«. Die Fachleute sprechen von »Singen«. Dieser Begriff widerstrebt mir zwar, er ist jedoch immerhin eine schmeichelhafte Umschreibung für die ungewöhnliche Stimmkraft, zu der wir fähig sind. Bei Julia sorgte mein Ausbruch für eine unerwartete, aber sehr willkommene Reaktion. Sie bat mich nämlich an den Tisch und teilte sehr fair ihr Schinkenbrötchen mit mir. Ich überließ ihr die harte Kruste, sie mir den breiten Fettrand. »Du kannst ihn dir besser leisten als ich«, erkannte die Kluge.

Wahrscheinlich hatte sich Julia schon lange nach einer respektablen Befehlsstimme gesehnt. Jedenfalls wurde sie schon nach meinem ersten Konzert sehr viel zutraulicher und war auch zugänglicher für meine Anregungen. Am späten Vormittag fiel ihr ein Ei aus der Hand. Sie wußte spontan, daß es ökonomischer war, mich den Boden reinlecken zu lassen, als einen ihrer unhygienischen Putzlappen zu holen. Mittags gab es keine der üblichen Diskussionen. Wir einigten uns auf Forelle für Julia und Haut mit in Butter geschwenkten Kartoffeln für mich und machten es uns nach dem Dessert (leider nur Obst) in einem Ohrensessel unter einer Kaschmirdecke gemütlich.

Ich startete den ersten Versuch, Julia das Rauchen abzugewöhnen, mußte jedoch meine Bemühungen auf einen günstigeren Termin verschieben. Einstweilen hatte ich größere Aufgaben, und die beanspruchten meinen vollen Einsatz. Es bedurfte einer Engelsgeduld, ehe Julia beim Streicheln auf Anhieb die Partien fand, auf die mein Körper mit Behagen reagierte.

Ebenso schwierig war es, ihr beizubringen, daß es in

der modernen Bürstenproduktion katzenkränkende
Zumutungen gibt und daß die meisten sich allenfalls
für Polstermöbel und wahrlich nicht zu einer befrie-
digenden Fellpflege eignen. Durch klug geplante
Störaktionen mußte ich Julia das viele – und über-
flüssige – Telefonieren verleiden, um ihr klarzumachen, daß ich auf dem Bildschirm ihrer Schreibma-
schine dösen wollte, wenn sie abends das tat, was sie
arbeiten nannte.

Ihr Respekt vor technischen Geräten führte zu
einem abstrusen Mißverständnis. Sie holte einen
großen Korb aus dem Keller. Der Korb war sichtbar
gebraucht und roch nach Hund. Ich lehnte ihn entsetzt ab und sprang umgehend auf die Schreibma-
schine, obwohl es mich gerade in diesem Moment
nach dem Zweisitzersofa verlangte. In den nächsten
Tagen erhärtete sich meine Vermutung, daß Julia in
ihrem früheren Leben einmal auf den Hund gekommen sein mußte.

Sie hatte die Arglosigkeit, einen Biedermeiersessel
(sehr geschmackvoller Überzug aus blauweißge-
blümtem englischen Leinen) mit einem ehrschädi-
genden »Pfui«-Befehl zu verteidigen, und rief mir
einige Male zerstreut entweder »Sitz« oder »Platz«
zu. Oft rollte sie auch einen Pingpongball über den
Boden. Ich lief ihm so lange aus reiner Gutmütigkeit nach, bis sie naseweis bemerkte: »Du hättest
mehr von dem schönen Spiel, wenn du das Bällchen
zurückbringen würdest.«

»Nur Hunde apportieren Bällchen«, fauchte ich,

»selbst du wirst doch gemerkt haben, daß ich eine Katze bin.«

Julia verscharrte zwar den Ball in einer Schublade, konnte aber ihre Hundeherkunft absolut nicht mehr verleugnen, als sie anfing, nach einem passenden Namen für mich zu suchen. Die waren allesamt viehisch verkorkst.

Katzen sind nun mal namensbewußter als jedes andere Geschöpf. Einen Dackel stört es nicht, wenn ihn ein größenwahnsinniges Herrchen Cäsar nennt; es soll Möpse geben, die auf King reagieren, und die meisten Hamster, Meerschweinchen und zahme Hasen scheren sich keinen Deut um ihren Namen – ganz zu schweigen von den bedauernswerten Wellensittichen, die infantil zwitschern, wenn jemand »Bubi« ruft.

Wir Katzen sind jedoch sprachempfindsam und allergisch gegen Namen, die nicht zu uns passen. Das gilt in verstärktem Maß für Siamesen. Wir haben sehr viel Sinn für Humor, aber wir lassen uns nicht gern veralbern. Die meisten Siamkatzen legen Wert auf zwei Rufnamen. Einen zur Benutzung im Alltag und einen für Kosestunden ist das Mindeste, das unseren Lebenspartnern einfallen sollte.

Julia nannte mich nun immer häufiger »Prinzessin«. Ich wußte die Vielsilbigkeit und auch das Kompliment zu schätzen, das ich aus dem gefällig gesäuselten Wort heraushörte. Sie hat aber sehr richtig gespürt, daß eine so anspruchsvolle Anrede sich nicht für alle und schon gar nicht für banale Situationen eignet. Lobenswert eifrig hielt sie Ausschau nach einer passenden Kurzform. Leider ohne Erfolg und mit einer sehr übersteigerten Phantasie.

Ach, wäre doch die gute Julia als Taufpatin nur so stilsicher gewesen wie als Köchin! Das hätte uns viel Ärger erspart. Zu meinem Horror verfiel sie auf Cara und dann auch noch auf Wasta. Ich schloß daraus, daß sie wahrscheinlich mal einen Mischlingshund gehabt und ihn Caro genannt hatte und bei einem Dackel nicht vor dem albernen Wastel zurückgeschreckt war, und krallenschleuderte Ablehnung.

Julia lenkte ein und probierte Thea, Minka und Veruschka aus. Mich störte die krankhafte Eitelkeit, einen Reim auf den eigenen Namen zu finden, und ich verließ bei jedem mißlungenen Vorschlag das Zimmer. Heute gestehe ich, nicht ohne Selbstkritik, daß ich anfing, der Frage meines Namens eine zu große Bedeutung beizumessen.

Kompromißbereitschaft ist eine meiner großen Tugenden, und ich mache mir gewöhnlich das Nachgeben auch nicht unnötig schwer mit sturen Kompetenzrangeleien. Zu Beginn unserer Ehe war ich aber ebenso auf mein Ego bedacht wie Julia. Das führte dazu, daß ich mich sehr viel kritischer und launischer gab, als ich es von Natur aus bin. So wurden rasch aus trivialen Kommunikationsschwierigkeiten gravierende Mißverständnisse.

Als ich das Dilemma erkannte, war ich bereit, nachsichtiger mit Julias Hang zur Poesie umzugehen. Ich ließ mich einen ganzen Tag lang widerspruchslos Samantha nennen, obwohl ich diesen Vorschlag ebenso fellätzend und lächerlich fand wie zuvor all die anderen. Auf die Idee, Julia würde mir meine Gutmütigkeit nicht danken und das Friedensange-bot überhaupt nicht bemerken, kam ich freilich nicht. Noch weniger, daß sie dabei war, eine ernste Krise heraufzubeschwören.

Es war um die blaue Stunde zwischen fünf und sechs Uhr abends. Ich dachte, Julia wollte den Tisch decken, und nickte ihr voller Vorfreude beifällig zu. Da fing sie an, verträumt mit einer Gabel zu spielen, und sagte: »Du siehst aus wie Cleopatra, wenn du auf der Sessellehne thronst und, ohne rot zu wer-den, mit deiner Schönheit prahlst. Weißt du was? Ich werde dich Cleo nennen. Warum bin ich nicht gleich darauf gekommen? Der Name paßt wunder-bar zu dir.«

Mir wurde übel. »Nur das nicht«, warnte ich, »das gibt eine Katastrophe.«

Ich wunderte mich, daß ich so ruhig geblieben war, aber ich machte mir klar, daß Julia ja nichts von mei-nen ungeliebten Vorbesitzern und meiner Abnei-gung gegen den verhaßten Namen wußte. Das war mein erster Fehler. Ich hätte wenigstens versuchen müssen, meine Partnerin auf ihren Fauxpas hinzu-weisen.

Es war ebenso unüberlegt von mir, danach nur dann ihre Streichelangebote zurückzuweisen und zornzu-buckeln, wenn sie »Cleo« rief. Sie tat es immer häufiger und, wie mir schien, mit einem fordernden Unterton in der Stimme, der ihr nicht zukam. Die Fronten verhärteten sich noch mehr, als ich begann, am Essen herumzumäkeln.

Julia wurde unverschämt. Wann immer ich den Napf mit erhobenem Schwanz inspizierte und dann mit der Pfote scharrte, fragte sie recht unfreundlich: »Was paßt dir denn schon wieder nicht?«

Ich wußte mir nicht mehr anders zu helfen, als einen Teil der Nacht allein auf dem Sofa zu verbringen. Wir litten beide. Meine Liebste roch nach Ratlosigkeit und Eigensinn. Ich fauchte bei unlohnenden Anlässen, schnurrte nicht mehr, hatte Hunger und schaute sehnsüchtig zum Fenster hinaus. Ich fand, das waren überdeutliche Hinweise, daß Julia sich meines Bleibens nicht allzu sicher wähnen durfte, doch sie war dickfellig und reagierte nicht.

Es wurde höchste Zeit, ihr meinen Willen aufzuzwingen. Ich tat es nicht gern, doch es mußte sein, wollte ich nicht zeitlebens unter dem Gefühl leiden, ich hätte mein Ego für ein bißchen Frieden geopfert. Mich drängte es nach einem klärenden Gespräch, ich war mir indes noch nicht klar, wann ich die Initiative ergreifen sollte. Da kam mir Julia zuvor.

»Ab heute, Cleo«, sagte sie, während sie lustlos im Weichei stocherte, »ändert sich einiges in deinem Leben. Falls du es noch nicht geahnt hast, meine Teuerste, ich kann nicht ewig hier herumsitzen und mit dir schmusen. Ich muß auch mal Geld verdienen.«

Sie war hörbar gereizt. Mir fiel erst in diesem Moment auf, daß sie früher aufgestanden war als sonst, sich hastig angezogen hatte und nun in einem Tempo frühstückte, das zu Magengeschwüren führen mußte, aber ich konnte noch nicht einmal maunzen. Die Hiobsbotschaft traf mich wie ein Gewitter auf freiem Feld. Sollte ich fortan und für alle Ewigkeit den größten Teil des Tages allein zubringen, leiden, verkümmern, vegetieren? Ein Katzenschlüsselkind!

Ich tat mir unendlich leid. Schon sah ich mich einsam als ungeliebter Single am Fenster dahindämmern, von Trockenfutter leben und frustriert die Polstermöbel zerkratzen; abends, wenn Julia endlich heimkam, würde sie natürlich zu müde sein, sich nach mir zu bücken, wenn ich ihr um die Beine strich. Mit erschöpften berufstätigen Frauen kannte ich mich ja aus. Die glauben, sie seien Weltmeister im Organisieren, und bringen es noch nicht einmal fertig, eine klitzekleine Katze wie mich glücklich zu machen. Wie in aller Welt war ich nur auf den Einfall gekommen, meine Zukunft einer so gewissenlosen Person wie Julia anzuvertrauen?

»Mir ist schlecht«, stöhnte ich. Das war eine heldenhafte Untertreibung. Ich wollte auf der Stelle sterben. Und vorher Julia an meinem Siechenlager schluchzen sehen.

»In zehn Minuten«, sagte sie brutal trockenen

Auges, »kommt mein erster Patient, Cleo. Wenn du nicht störst, kannst du von mir aus hierbleiben. Vielleicht hilfst du mir sogar, an den guten Herrn Berg heranzukommen. Der ist bestimmt ein Typ zum Pferdestehlen, bei mir hat er jedoch noch nicht mal den Mumm einer Maus.«

Ich habe meinen Ohren nicht getraut und nur noch abwesend an der Rückenlehne des kostbaren Biedermeiersessels gekratzt. Wer sich gerade den herzbrechenden Abschied von einem geliebten Menschen und dann auch noch ein Käfigleben im Tierheim ausgemalt hat, muß ja den Überblick verlieren.

Meine geliebte Julia schwärmte für Gäule und redete von Geldverdienen, Arbeit und Patienten. Das reimte sich alles nicht zusammen. Ich konnte ja verstehen, daß sie das Glück auf dem Rücken der Pferde suchte. Viele Menschen tun das. Wer in aller Welt hatte ihr aber eingeredet, daß sie eine Ärztin sei? Da hätte sie wenigstens einen weißen Kittel tragen und ein Sprechzimmer haben müssen. Über Ärzte wußte ich Bescheid. Die stanken barbarisch und quälten unschuldige Geschöpfe. Im Alter von acht Wochen hatte man mich zu einem Tierarzt verschleppt. Das Ungeheuer hatte mich gegen Katzenschnupfen geimpft und mit einem rohem Karategriff mein Urvertrauen gemeuchelt. Und so ein Stinkstiefel wollte meine nach Maiglöckchen duftende Julia sein, und ich kluge Siamesin sollte das nicht gemerkt haben?

Es klingelte an der Haustür. Ich wollte in die Küche, nichts mehr sehen, hören, fühlen, doch ich raste zu schnell um die letzte Kurve und stieß mit dem Kopf gegen die verschlossene Tür. Benommen sprang ich auf den hohen Schrank im Wohnzimmer. Dort machte ich mich so papierflach, daß ich noch nicht mal mehr meine eigenen Pfoten sah.

»Kommen Sie nur herein, Herr Berg, Sie kennen sich ja aus«, hörte ich Julia mit einer mir total fremden Stimme sagen.

Schon stand der Pferdedieb in meinem Reich.

Ich wagte kaum zu atmen und versuchte zu schlafen, doch mein unruhiger Herzschlag hielt mich wach. Die große Neugierde, gegen die ich machtlos bin, bedrängte mich. Sehr vorsichtig hob ich meinen Kopf, schnüffelte und wagte einen Probeblick.

Herr Berg hatte einen hellen Anzug an und sah absolut nicht aus wie eine graue Maus. Eher wie ein abgehetzter Mann, der keine Zeit gefunden hat, sich morgens ein Brot zu schmieren. Müde war der arme Kerl wohl auch. Er setzte sich auf den Stuhl vor dem Schreibtisch, holte seine Hände aus den Hosentaschen, stützte seinen Kopf ab und augenspazierte herum.

Als ich meine allerliebste Maiglöckchen-Julia sah, hätte ich um ein Haar gebrüllt. Sie saß ganz ruhig da, hatte keinen weißen Kittel an, sah bezaubernd aus, und sie roch keinen Deut anders als sonst. Wie spatzenleicht wurde mein Kopf, wie munter mein Sinn. Schafsdumm kam ich mir vor, als ich schnurr-

glückstoll aus meinem großen schwarzen Seelen-
loch herauskroch.

Nur kam ich nicht dahinter, was da an dem Schreibtisch geschah. Julia quatschte dem armen hungri-
gen Kerl die Ohren voll, und er machte immer nur
den Mund auf und zu, ohne ein Wort zu sagen. Ein
paar Mal schüttelte er den Kopf, doch den größten
Teil der Zeit sah er aus, als würde er gleich ein-
schlafen.

Julia ließ ihn nicht. Sie redete auf den Müdmann
ein, als hinge ihre nächste Mahlzeit davon ab, daß er
ihr zuhörte. Vielleicht war meine Julia eine gute
Fee, die sich als Ärztin ausgab und ihre Patienten
gesundbabbelte. Zumindest wurde mir glasklar, daß
sie ihr Geld mit dem Mund verdiente und nicht
außer Haus.

Bei guten Feen ist alles möglich. Es konnte ja sein,
daß manche sich als Papageien ausgaben und mit
ernstem Gesicht eine Menge Unsinn redeten. Ich
hörte aufmerksam zu. Keine Dämlichkeit ließ ich
mir entgehen, aber je mehr ich von Julias kuriosen
Heilmethoden mitbekam, desto weniger konnte ich
mir vorstellen, daß damit auch nur eine Dose Kat-
zenfutter zu verdienen war, geschweige denn ein
anständiges Stück Heilbutt.

»Herr Berg«, sagte Julia gerade, »Sie müssen endlich loslassen. Richtig rundum loslassen. Sonst kommen wir nie von der Stelle. Das Leben geht weiter.
Sie müssen sich den Menschen wieder öffnen.«

»Das kann ich nicht mehr.«

»Aber die Welt besteht doch nicht nur aus der Frau, die Sie verlassen hat.«

»Sie haben schon wieder den Hund vergessen, den sie mitgenommen hat«, monierte der Pferdenarr, »der war wirklich ein guter Freund. Für den galt der gute alte Spruch: Seitdem ich die Menschen kenne, liebe ich nur noch die Tiere.«

Ich fand das eine außergewöhnlich kluge Bemerkung für einen Mann, der sich so ergeben von einer Frau traktieren ließ. Ich sagte den hübschen Satz ein paarmal vor mich hin und hätte am liebsten Julia vom Schrank aus zugerufen, sie sollte endlich ihren Mund halten und dem armen Herrn Berg die Gelegenheit geben, weiter über Tiere zu sprechen. Ich hob sogar eine Pfote, aber natürlich haben das die beiden nicht gesehen.

Julia starrte den feinen Herrn Berg so böse an, als hätte er uns die Butter vom Brot geleckt, und sagte widerlich streng: »So etwas dürfen Sie nicht sagen. Noch nicht einmal denken. Sie müssen endlich lernen, sich wieder selbst anzunehmen. Sonst stürzt Stefan Berg in ein tiefes schwarzes Loch.«

Stefan hieß er also. Wie hübsch! Vollkommen ist das Leben aber nie. Manche Leute haben Glück mit ihren Namen und geraten an die falschen Frauen. Pechvogel zupfte an seinem Ärmel, an Nase und Haar und sah aus, als wollte er gleich zum Fenster hinausfliegen. Julia hüstelte ein paarmal, machte sich Notizen, kratzte dabei fürchterlich auf dem Papier herum, zuckte zusammen und stierte in immer kürzeren Abständen in alle Ecken des Zimmers und einmal sogar unter den Tisch. Wahrscheinlich gehörte auch dieser Wahnsinn zu ihren Heilmethoden.

Merkwürdigerweise hat er gewirkt. Unvermittelt riß Stefan seinen Mund auf. So weit wie eine offene Mausefalle. »Was suchen Sie eigentlich die ganze Zeit, Frau Doktor?« fragte er.

»Meine Katze. Sie war heute früh so komisch. Ganz anders als sonst.«

»Wieso Katze? Ich hab hier noch nie eine Katze gesehen.«

»Cleo ist erst seit zwei Wochen bei mir. Ein reizendes Tier.«

Ich wollte vom Schrank sturzspringen und Julia sagen, daß ich ihr Unrecht getan hatte, daß ich sie liebte und sie sich keine Sorgen zu machen brauchte. Da geschah das Wunder. Stefan wurde so plötzlich wach wie ein Pudel, der versehentlich in den Gartenschlauch gehopst ist. Der Stumme vom Schreibtisch war in Wirklichkeit ein Riese mit gewaltigen Händen. Er rieb sie aneinander und lachte. Es klang wie Donner.

»Na, so etwas«, wieherte der Riese, »sagen Sie das noch mal und ganz langsam. Sie wollen mir doch nicht weismachen, daß eine so kluge Frau wie Sie eine Katze Cleo nennt?«

»Doch«, erwiderte Julia. Sie war geschrumpft und glich einem winselnden Welpen, der das Kabel von einer Stehlampe angeknabbert und einen gewaltigen Schlag bekommen hatte.

»Und was sagt Cleo? Ich meine, reagiert sie auf den Namen?«

»Nein«, gab Schrumpf-Julia zu, »sie nimmt überhaupt keinen Namen zur Kenntnis. Manchmal glaube ich sogar, sie bekommt umgehend einen Koller, wenn ich sie rufe.«

»Das kann ich mir denken.«

»Was können Sie sich denken?«

»Daß die bedauernswerte Cleo so reagiert. Katzen sind sehr namensheikel.«

Mann, war dieser Stefan Berg klug! Und so sympathisch. Ein richtiger Kuschelmensch. Der liebte nicht nur Tiere, der wußte über sie Bescheid. Von dem konnte meine begriffsstutzige Julia noch eine Menge lernen.

»Die meisten Katzen mögen nur hohe I-Laute«, erklärte er. »Meine hieß Pussy. Katzen muß man Chichi oder Mimi nennen. Muschi geht auch. Ich persönlich hab Sissi immer sehr hübsch gefunden.«

»Sissi«, sagte Julia, »ist wirklich ganz hübsch.«

»Sissi ist ideal«, bestimmte Stefan der Große. »Ich führ Ihnen das mal vor. Stefan Berg kennt sich mit Katzen aus. Sissi«, rief er sanft, »Sissi, Sissi! Sissi, komm doch mal her.«

Ich ließ den Namen in beide Ohren. Wie gut er zu mir paßte. Er war von jener klassischen Kürze, die einer Kaiserin zukommt und eine Magd adelt. Ich glaube, ich hatte die ganze Zeit nach dem schönen Klang solcher Zischlaute verlangt und es nur nicht gewußt.

»Sissi«, schnurrte ich Freude in mein Herz, »Julia wartet auf dich. Es ist Zeit für die große Versöhnung.«

Ich war so erregt und liebestoll, daß ich vom Schrank heruntersprang, ohne Maß zu nehmen, und prompt das Ziel verfehlte. So plumpste ich auf Stefans Schoß. Weil es mir schrecklich peinlich war, den Irrtum zuzugeben, fing ich einfach an zu schnurren, als hätte ich die Landung genau geplant. Julia sah berückend dümmlich aus in ihrer Verblüffung – offener Mund und Flatteraugen. Der Körper von Stefan dem Weisen war ofenheiß.

Natürlich waren wir alle ein wenig durcheinander und schwiegen. Ich grübelte sehr, weshalb der einfache gesunde Katzenverstand nicht ausgereicht hatte, um mich mit Julia über ein so simples Problem wie einen vernünftigen Namen zu verständigen.

»Stefan«, schnurrte ich Dank und schob meinen Kopf in seine Hand.

»Sissi«, sagte Stefan, »wie schön du bist.«

»Sissi«, flüsterte Papageien-Julia zärtlich.

Der liebe Stefan sagte, meine Augen seien herrlich blau, und er habe sich total in mich verknallt. Er sei Wachs in den Pfoten von Siamkatzen.

»Mir ist's auch so gegangen«, erzählte Julia. »Dieses kleine Biest hat mich von der ersten Minute an überrumpelt. Ich gebe sie nicht wieder her. Dabei wollte ich mich um nichts in der Welt binden.«

»Das will man nie«, sagte mein Stefan.

45

Ich hielt ihm noch einmal meinen Kopf hin, und er hat mein Vertrauen voll erwidert. Da erst fiel mir auf, daß die beiden nun echt gut miteinander umgingen. Sie sprachen nur noch von Katzen. Von Pferden oder Mäusen war kein Wort mehr zu hören. Später seufzte Stefan – kurz, lang, kurz und mit einer Prise Lachen.

»Mein Gott, heute ist die Zeit richtig gerast«, sagte er, »schade.« Er stand auf, setzte mich unendlich sanft auf Julias Schoß, tätschelte meinen Kopf und kraulte mich am Kehlkopf.

»Nicht wahr«, fragte er, »sie ist doch beim nächsten Mal wieder dabei?«

»Natürlich«, erwiderte Julia, »die kann mehr als ich. Mit mir wollten Sie ja nicht reden.«

»Kommt nie mehr vor«, versprach Stefan. »Ehrenwort.«

Mittags gab es tatsächlich Heilbutt. Mit einem kleinen Klecks Butter und einem großen Happen Liebe. Julia roch nach Gemütlichkeit, als ich ihr die Zigarette aus der Hand schlug und sie sich einen Cognac einschenkte. Mir überließ sie den größten Teil einer knusprigen Käsestange und drückte mich an die Brust.

»Prinzessin Sissi«, flüsterte sie in mein Fell, »du hast's geschafft. Du bist eine richtige kleine Therapeutin.«

3.

Der Tag begann wieder einmal sehr menschlich. Julia stolperte linksfüßig aus dem Bett, schlurfte ans Fenster, zog die Gardine zurück und jammerte: »Der Winter ist in diesem Jahr viel zu früh gekommen. Bei dem Wetter würde ich noch nicht einmal einen Hund vor die Tür schicken.«

Als Pessimistin war die Gute überdurchschnittlich begabt. Ich fand, sie hatte es keineswegs nötig, Gedanken an fremder Leute Hund zu verschwenden. Wie sie so dastand, mißgestimmt mit dem Kopf wackelte und sich durch das Haar fuhr, hatte sie allergrößte Ähnlichkeit mit einem Dorfköter, dem ein Wüterich einen Eimer Wasser übergeschüttet hat.

Statt jedoch an sich selbst zu arbeiten und sich jedem Tag neu zu öffnen, wie sie ihren Patienten so unermüdlich befahl, ließ sich Frau Doktor grundsätzlich von mir aus ihrem Stimmungstief herausholen. Obwohl ich selbst wettersensibel bin und frühmorgens auch ungern die Rolle der Alleinunterhalterin übernehme, scheute ich seit dem Beginn von Julias Herbstdepression weder Phantasie noch

Mühe, ihr zu helfen – schon, um mir mein Frühstückshoch zu sichern.

Dabei hatte ich wahrhaftig mehr Grund zum Klagen als die unzufriedene Mollige. Mein Terminplan war aus dem Lot und ich entsprechend unzufrieden mit mir selbst. In der langen Schönwetterperiode war ich noch nicht einmal dazugekommen, mich in dem großen Garten umzusehen und nach Gleichgesinnten Ausschau zu halten, geschweige denn, mir irgendwelche Besitzansprüche zu sichern.

Allerdings nagte die andauernde feuchte Kälte auch an meiner Lebenslust. Es war keine gute Zeit, um Julia auf meine außerhäuslichen Bedürfnisse hinzuweisen. Ich beschloß, das brisante Thema zu vertagen, und nickte meinem Jammerlappen entsprechend beruhigend zu. Am menschenfreundlichsten war es, sie gut zu beschäftigen und von ihren eingebildeten Leiden abzulenken. Mir lagen noch einige Feinheiten am Herzen.

Im Basisprogramm der Erstdressur hatte ich offensichtlich vieles zu oberflächlich behandelt. Beispielsweise das Kapitel Hygiene. In dieser Beziehung war Julia ursprünglich tadelnswert bequem. Als ich sie adoptierte, pflegte sie mein Eßgeschirr nach Gebrauch nur mit einem feuchten Lappen auszuwischen. Das finde ich appetitverderbend. Bei all meiner Anspruchslosigkeit kann ich es nicht leiden, wenn einem Mahl das Aroma des vorigen anhaftet.

Erstaunlicherweise begriff Julia dann doch ziemlich

rasch, daß Geschirr nicht nur sauber, sondern rein sein muß. Wesentlich schwieriger war es, ihr plötzliche Bewegungen abzugewöhnen. Selbst an sich liebenswerte Menschen neigen dazu; sie stören das Harmoniebedürfnis einer Katze auf das empfindlichste. Durch ein Fauchen, das leider etwas rüde ausfiel, sich aber bald als äußerst wirksam erwies, gewöhnte ich meiner Bettgenossin das häßliche Rudern mit dem rechten Arm und ein zeitgleiches Seufzen ab, wenn morgens der Wecker schellte.

Ausgerechnet an einem gräuen Nebelmorgen, an dem Madame sich besonders selbstbezogen aufführte, ging ihr endlich auf, daß eine sensible Katze optimaler Ersatz für einen Wecker ist. Wir haben ein präzises Empfinden für Zeit und guten Ton und sind naturverbunden genug, so weit wie möglich auf seelenlose Technik zu verzichten. Um einen geliebten Menschen zu wecken, reichen in der Regel einige zärtliche Zungenberührungen. In der Tiefschlafphase ist Knabbern an Hals oder Ohr angesagt. Heute schwört Julia auf die sanfte Methode und tut so, als sei sie von selbst auf die einzig vernünftige Art gekommen, den Tag würdig zu beginnen. Ohne rot zu werden, empfiehlt sie Morgenmuffeln, die über »Anlaufschwierigkeiten« klagen: »Sie müssen lernen, das Leben langsam an sich heranzulassen. Versuchen Sie einfach, zärtlich zu denken.«

Wirklich schwierig war es, meiner impulsiven Chaotin klarzumachen, daß das Geschrei ihres Telefons kein Grund war, aufzuspringen und mich dabei von ihrem Schoß zu katapultieren. So eine Landung auf dem Boden mitten in einer erholsamen Entspannungsphase kann immense Folgeschäden haben. Mich wundert, daß Julia das nicht wußte. Immerhin ist sie die Therapeutin und nicht ich. Das Wort Folgeschäden habe ich erst von ihr gelernt.

Nur wegen des geblümten Biedermeiersessels kam es zu einem überflüssig langen Kompetenzkampf. Während er andauerte, fragte ich mich häufig, ob Julia ungewöhnlich störrisch oder nur beklagenswert lernschwach war. Jemand, der sein tägliches Brot mit dem Erforschen von fremder Leute Innenleben verdient, hätte sich nicht so schwertun dürfen wie sie. Ich sitze schon deshalb am liebsten in dem hübschen Stuhl, weil er die idealen Kuschelproportionen hat und mir das beruhigende Höhlengefühl vermittelt, nach dem es jede Katze verlangt, vor allem in den depressiven Phasen, die selbst uns nicht erspart bleiben.

Ich brauchte diesen Sessel mit dem (nach Julias Aussage) empfindlichsten Polster der Wohnung für das Rund-Um-Wohl-Gefühl, von dem sie bei jeder Gelegenheit ihren Patienten vorschwärmt. Der Stuhl steht in bequemer Nähe zu einer delikaten Grünpflanze mit herabhängenden, sehr schmackhaften Blättern und so nahe am Fenster, daß ich selbst im Liegen in den Garten sehen kann. Weshalb aber Julia, die Grünpflanzen nur gießt und nie kostet und die zudem gern im Stehen den Garten

betrachtet, gerade um diesen einen blöden Stuhl
ein so großes Getue machte, ist mir bis heute nicht
gedämmert. Zum Glück verzichtete sie – nach einigen äußerst kratzbürstigen Einwänden meinerseits – irgendwann auf den Sessel und schließlich
auch noch auf die stimmungstötende Bemerkung:
»Bis du auf der Bildfläche erschienen bist, habe ich
besonders gern hier gesessen.«
Ich dachte, nach der Klärung der Sesselfrage könnten wir in unserer knappen Freizeit endlich damit
beginnen, das Leben in vollen Zügen zu genießen.
Einige Tage war`es tatsächlich so. Morgens und am
frühen Nachmittag assistierte ich Julia in der Praxis;
in den Stunden, die nur uns gehörten, haben wir ge-
schlemmt, geruht, geschlafen und im übrigen darauf gewartet, daß der liebe Stefan sich wieder mel-
dete – Julia hatte ihm, was ihr leid zu tun schien und
was auch ich bedauerte, zu einem kurzen Urlaub
geraten.
»Weißt du«, erklärte mir Julia eines Abends, »das
darfst du nicht falsch verstehen. Stefan Berg ist kein
besonderer Patient. Aber irgendwie ein Erfolgserlebnis für mich.«
Ich habe sie genau richtig verstanden und auch kapiert, daß sie nicht nur ein miserables Gedächtnis
hat, sondern auch keine Scheu, sich mit fremden
Federn zu schmücken. Leider hat die liebe Julia des
öfteren den Hang, sich aus dem Nichts einen Min-
derwertigkeitskomplex heranzuzüchten. Beim ersten Mal ahnte ich freilich nicht, daß eine Thera-

peutin vornehmlich das Bedürfnis hat, sich selbst zu kurieren.

Der große Ärger fing ganz harmlos an. Beim Anziehen begann Julia, an ihrem Rockbund herumzuzupfen, mit eingezogenem Bauch entsetzlich lange vor dem großen Spiegel zu stehen und dann so zu tun, als würde sie sich für mein Gewicht interessieren. Einige Male versuchte sie, mich auf die Waage zu stellen, was ich mir verbat. Logo! Nach einem gescheiterten Versuch und einem klitzekleinen Kratzer auf der Hand erzählte sie noch am selben Tag einer Patientin, daß sie nicht den blassesten Schimmer hätte, wie man eine Katze wiegen könnte.

Mir war das entsetzlich peinlich. Die gute Frau hatte unübersehbar ganz andere Sorgen, Angst vor ihrem Chef und Kummer mit den Kollegen. Wenn sie mal was sagte, sprach sie von »Mobbing« und brach, kaum daß sie das Wort geflüstert hatte, in Tränen aus. Bei Julias erzdummer Frage schüttelte sie allerdings ihren Trübsinn ab wie ein Spatz das Wasser vom Gefieder und lachte albern vor sich hin. »Das ist doch ganz einfach«, strahlte die Frau und streichelte mich dabei allerliebst zwischen den Ohren, »Sie steigen einfach mit Sissi auf die Waage und ziehen danach Ihr eigenes Gewicht ab. Dann wissen Sie aufs Gramm genau, was die kleine Grazie hier wiegt.«

Um eine lange, sehr unangenehme Geschichte kurz zu fassen: Am nächsten Morgen wußte Julia, daß ich keine zwei Kilo und sie vierundsiebzig wog. Obwohl ich jedes Julia-Kilo liebe, verlor sie total die Fassung. Erst sagte die zitternde Nackte noch mit normaler Stimme: »Nun ist aber wirklich Schluß«, und zog sich an wie sonst auch. Dann aber warf sie das gute Toastbrot, das uns beiden mundet, in den Mülleimer und fluchte fürchterlich dabei. Total unerwartet holte sie dann einen Koffer vom Schrank und schrie komplett hysterisch: »Ich fahr sofort ins Sanatorium und mach eine Abmagerungskur. Wir fressen uns ja zu Tode.«

Als Julia anfing, von sich in der Mehrzahl zu reden, hätte ich ihr brennend gern erklärt, daß sie eine gute Therapeutin bräuchte. Aber ich konnte mich ihr nicht mitteilen. Also brüllte ich zurück. Ich hatte ja auch Angst und sah mich armes Tier verhungern, zum Gespött der Ratten abgemagert in Mülltonnen herumwühlen und war so nervenfertig, daß ich mir nichts sehnlicher wünschte, als mit Julia Fraktur zu reden. Möglichst in ihrer Sprache. Zum Glück gewann ich meine Contenance sehr viel schneller zurück als sie die ihre. Ganz ruhig wartete ich ab, bis sie den Koffer auf ihr Bett geworfen und ihn aufgemacht hatte, und dann sprang ich hinein. Mir war kein Deut nach Schnurren zumute, aber ich tat es trotzdem. Großes Wunder. Dickmamsell hat sofort begriffen und bereut.

»Ist schon gut«, sagte sie rührend leise, »ich bin ein dummes Schaf. Besser hättest du mich nicht erinnern können, daß ich nicht mehr frei in meinen Entscheidungen bin.«

Naiv, wie ich leider manchmal bin, weil ich selbst in kritischen Situationen annehme, Menschen hätten soviel Verstand wie Katzen, dachte ich, das im wahrsten Wortsinn übergewichtige Thema sei ein für allemal erledigt, aber da täuschte ich mich gründlich. Obwohl ich kaum zwei Kilo wog, bestimmte Julia mit ihrer fetzenden Respektsstimme: »Von heute ab bis Weihnachten machen wir beide Diät.«

In den nächsten drei Tagen trug ich mich ernsthaft mit Trennungsabsichten, doch Julia, die nach jedem Happen ins Badezimmer stürzte, auf die Waage hechtete und dann herzsprengend heulte, tat mir leid. Ich beschloß, sie erst einmal seelisch hochzupäppeln und mehr auf sie einzugehen als bisher. Gutmütig schwieg ich, wenn sie meine Frühstückssahne mit warmem Wasser verdünnte und mir mittags rohes Tatar servierte. Meiner Meinung nach ist das Zeug ein reiner Magenfüller und bestimmt nicht gesund. Auf alle Fälle hat Tatar keinen Eigengeschmack.

Während der Pfundskrise nibbelte Julia nur an Salatbättern, kaute rohe Möhren, kaufte Hühner nicht mehr im Ganzen und ertränkte die Miniportionen auch noch im heißen Wasser, statt sie kroß zu braten. Nach vier Tagen hatte sie angeblich zwei Kilo abgenommen, aber statt zu jubeln, jammerte sie: »Wenn ich mein ganzes Leben so weitermachen soll, bleibt mir nur noch der Strick.«

Auch wenn ich mir klarmachte, daß meine arme

Kalorienzählerin gerade in Krisen zu Übertreibungen neigt, fand ich die Bemerkung ein Monster an Zumutung von einer Frau, die bei jeder Gelegenheit anderen Menschen weismacht, daß »nichts so heiß gegessen wird, wie es gekocht wird«. Als ich das vom Strick hörte, habe ich mich aufgebläht wie ein Pfau, Feuer aus den Augen gesprüht und aus Leibeskräften geschrien. Ich weiß selbst nicht, was ich damit beabsichtigte, aber die Radikalkur hat geholfen.

Nicht sofort, erst am späten Nachmittag. Da stand Julia, die gerade wieder einmal an einer Hasenmöhre mümmelte, plötzlich auf, raste in die Küche, als wär eine Meute sabbernder Jagdhunde hinter ihr her, rüttelte besessen am Kühlschrank und holte die geräucherte Gänsebrust heraus, die sie wegzuwerfen vergessen hatte, als die Idee mit der Diät über sie gekommen war.

Sie hat das kratzige Knäckebrot (zum Glück verschwand es am nächsten Morgen und ist nie wieder aufgetaucht) mit Butter einbalsamiert und extradick mit der herrlichen Gänsebrust belegt und dabei selig gekichert. Wir machten es uns gemütlich und taten, als wäre nichts geschehen. Ich ließ Julia in meinen Lieblingssessel, sorgte jedoch dafür, daß sie beim Essen genug Bewegung hatte. Weil ich voll auf dem Teppich geblieben war, mußte sie sich bei jedem Happen bücken, den sie mir reichte. Wir waren beide äußerst vergnügt. Später trank ich Sahne und sie Cognac, und aus irgendeiner Ecke der Eßzimmervitrine kramte sie eine bunte Dose mit knackigen Butterplätzchen heraus.

»So ein Blödsinn, eine Diät vor Weihnachten«, sagte Julia am Abend, »du hast ja goldrecht, meine Süße. Hauptsache, der Mensch akzeptiert sich, wie er ist.« Der Satz muß ihr besonders gut gefallen haben. Sie hat ihn ihren Patienten vorgeplappert, bis ich dachte, mir würden die Ohren abfallen, wenn ich das noch lange mitmachen müßte. Trotzdem ließ ich sie gewähren – schon deshalb, weil alle Menschen lammfromm nickten, wenn sie den Schwachsinn hörten, und das nächste Mal so taten, als hätten sie ihn auch erfunden. Diät war jedenfalls nie mehr ein Thema für uns. Ich wiege meine zwei Kilo, und Julia weiß inzwischen, daß ich gerade ihre Pfunde liebe; und nur darauf kommt es schließlich an.

Von Weihnachten war nun immer häufiger die Rede. Ich fand das Wort niedlich, aber viele Menschen flippten regelrecht aus, wenn sie es nur hörten. Julia brachte offenbar schon der Gedanke an Weihnachten um den letzten Rest ihrer ohnehin schwach entwickelten Fähigkeit, logisch zu denken. Als der erste Schnee fiel, stand sie sinnend und singend am Fenster und verkündete, sie wollte dieses Jahr endlich mal wieder backen wie in der guten alten Zeit, doch nur zehn Minuten später fragte sie mich: »Kannst du mir eigentlich sagen, für wen ich stundenlang am Herd stehen soll?«

Ich hielt den Kopf schief und hob eine Pfote. Sie hat genau verstanden, bellte aber trotzdem: »So weit kommt es noch, du verfressenes Luder, daß ich mich hinstelle und dir eine neue Ladung Butterplätzchen backe.«

Frau Doktor gestattete sich nicht nur in diesem spannenden Moment einen Anfall von Launenhaftigkeit, den sie später als Migräne ausgeben würde. Seit ein paar Tagen neigte sie auch zu Selbstgesprächen, die ihr nicht guttaten, und erklärte ausgerechnet mir, in der Weihnachtszeit habe der Mensch Anspruch auf Traurigkeit. Sobald jedoch die bedauernswerten Kummerkranken, die vor ihrem Schreibtisch hockten, das gleiche sagten, fiel ihr ein hirnrissiges Argument nach dem anderen ein, weshalb gerade Weihnachten eine Zeit der Freude und Besinnung sei.

Zu der armen Frau, deren Mann plötzlich abhanden gekommen war und die noch nicht einmal wußte wie und wo, sagte meine geliebte Klugschwätzerin: »Sie müssen die Angst vor dem Alleinsein überwinden. Erst wenn wir lernen, uns selbst zu genügen, können wir in Frieden mit dem eigenen Ich leben.« Die Solo-Frau mit dem Wackelhut, den sie nie absetzte, fing prompt an zu schluchzen wie ein junger Hund, der zum ersten Mal vor einem Lebensmittelladen angebunden wird.

Julia saß dabei und wischte sich den Schweiß von der Stirn, als würden deutsche Krankenkassen sie ausschließlich für Taschentuchwedeln bezahlen. Natürlich war ich es dann, die die Weinsuse aufrichtete. Ich sprang einfach auf ihren Schoß. Sie streichelte mich, als hätte sie seit Ewigkeiten nichts Warmes mehr in der Hand gehabt, und probierte solange ein Lächeln, bis es ihr gelang. Wir fühlten uns alle drei gut.

»Pudelwohl«, sagte Julia geschmackloserweise und tat auch noch so, als sei die Spontanheilung ihr zu danken.

In meiner großzügigen Art ließ ich Julia die Eitelkeit mucksfrei durchgehen, aber augenscheinlich war ihr ein Erfolgserlebnis pro Tag zu wenig. Abends faßte sie sich an die Stirn, als müßte sie ihr Gehirn in den Kopf zurückdrücken, und jaulte ins Telefon: »Mir graut entsetzlich vor Weihnachten. Da kommt man sich als Einzelwesen immer wie der letzte Dreck vor.«

Daß eine Ärztin keinen Deut besser war als ihre Patienten, fand ich impertinent. Ich mußte mich in die hinterste Nische vom Schrank zurückziehen, um ungestört nachzudenken. Gnädige Frau sah es und hatte, wie üblich, Angst um ihren teuren schwarzen Kaschmirpullover, auf dem ich besonders kommod liege, doch holte sie mich – wenigstens relativ vernünftig geworden – heraus und trug mich in unser Bett.

Am nächsten Morgen lag hoher Schnee. Die Welt sah wunderbar sauber und brandneu aus. Kaum aber hatte Julia die schöne Bescherung gesehen, war es um sie geschehen. Ihre wohlgeformten Dickfüße stampften irre auf dem Teppich herum, und sie selbst starrte mit melancholischen Triefaugen die in

Weiß gehüllte Tanne im Garten an, die mir erstes Asyl geboten hatte. Ich fing an zu schnurren – wahrscheinlich, weil ich mich erinnerte, wie Julia sich in mich verliebt hatte.

»Mach dir bloß keine falschen Hoffnungen«, hustete sie und wedelte mir frech den Rauch ihrer Zigarette zu, »einen Baum kannst du dir abschminken. Dieses Jahr findet Weihnachten bei uns nicht statt. Mir ist nicht danach zumute.«

Ich fand die Mitteilung zu töricht, um sie auf nüchternen Magen zu deuten. Außerdem war Sonntag. Also keine Patienten, nur Kuscheln, Meditieren, Schlafen und Schlemmen. Wir waren spät aufgestanden, und, wie erwartet, fragte Julia animierend: »Was hältst du von Brunch?«

Bei Tisch kam es zu einem kurzen Streit und schnellem Frieden. Julia wollte sich selbst verwirklichen, und ich mußte ihr beibringen, daß ich das gleiche Recht auf geräucherte Forelle und Buttercremetorte hatte wie sie. Immerhin hatte die Patientin mit dem Aschenputtel-Komplex, die sich zu Hause von der ganzen Familie ausnutzen ließ und bei uns wie ein Hund jammerte, sie habe keinen Funken Lebensfreude mehr, mir den Kuchen zugedacht und nicht Julia. Mein Schusselchen hatte die Ärmste bei der Konsultation am Tag zuvor nämlich mit einer Katze verwechselt und ihr vorgeschlagen: »Sie müssen wieder lernen, sich jeden Morgen am Zwitschern der Vögel zu freuen.«

Ich hatte sofort eingegriffen, meinen Kopf am Busenberg der Frau plattgedrückt und sie fühlen lassen, daß es auch für Menschen wie sie noch Liebe gab auf dieser Welt. Julia hatte nur geglotzt, als wäre ich das erste Mal Retterin in der Not gewesen, und die ganze Zeit hatte mich die Frau wie wild geknutscht und war abends extra noch einmal in die Praxis gekommen. Natürlich war ich es, der sie den Kuchen überreichte.

Selbstverständlich aß ich die Torte, überließ Julia allerdings den größten Teil der Forelle. Sie hatte den Kuschelbademantel mit dem langen Gürtel an, den ich ihr meistens im Vorbeihuschen aus den Schlaufen ziehe. Wenn sie sich nach ihm bückt, lacht sie immer und sagt ganz süß: »Danke, Prinzessin, daß du mich an meine Morgengymnastik erinnert hast.«

Es hätte wirklich ein wunderbarer Sonntag werden können. Julia setzte sich wie immer vor den Fernsehapparat und döste sofort ein. Auch wie immer. Ganz entgegen meiner Gewohnheit hatte ich jedoch keine Lust, mich an ihrer Schlafhaut zu laben, sondern verzog mich ans Fenster und fixierte so aufmerksam den Baum, als würde von ihm meine Zukunft abhängen. Die ganze Zeit sinnierte ich, weshalb Julia eine so hohe Tanne ins Zimmer holen wollte und dann auch noch für mich. Wenn die Gute wirklich der Meinung war, daß Baum und Katze zu Weihnachten zusammengehörten, hätte sie mich ja nur in den Garten zu lassen brauchen.

Jedenfalls war es ihr gelungen, mich mit einer einzigen Bemerkung aus der Ruhe zu bringen. Damals machten mich zu große Gedankensprünge noch gemütskrank. Inzwischen habe ich gelernt, besser mit dieser menschlichen Untugend umzugehen. Obwohl ich übersatt und entsprechend müde war, konnte ich nicht schlafen. Um die Zeit wenigstens einigermaßen sinnvoll zu nutzen, leckte ich Haar für Haar mein sahneduftendes Fell ab und wollte mich nach der Körperpflege so sonntäglich gehenlassen wie ein Mensch, aber ich war nervös. Alles störte mich. Julias Schnarchen, der widerliche Geruch von kaltem Tabak, der eingetrocknete Rest Cognac im Glas und das überheizte Zimmer.

Wahrscheinlich habe ich mir nur deshalb vorgestellt, daß es eine angenehme Abwechslung sein könnte, mit meinen zu warmen Pfoten in den kalten Schnee zu laufen. Der Einfall erschien mir zwar etwas kapriziös, doch ich kam nicht mehr von ihm los. Als ich zwei nahrhafte Meisen beobachtete, die sich um einen Platz an einem Futterring stritten, fiel mir auf, daß mein Herz zu schnell schlug. Ich diagnostizierte eine beunruhigende Sehnsucht – nur wußte ich nicht, wonach es mich verlangte.

Die Sonne kroch hinter einer dicken Wolke hervor und färbte die dunkle Tanne hellgrün. Sie schaukelte ihre Äste, und die sangen leise im Wind. Eine kleine Schneekugel stürzte in die Tiefe. Das Bild entzückte mich; ich hob die rechte Pfote, verlor dabei einen Moment das Gleichgewicht, fing mich aber sofort wieder, preßte meine Nase gegen die

Fensterscheibe und richtete den Blick auf eine weiße Mauer. Ein Schatten mit Ohren und Schwanz fiel mir auf. Ich verfolgte jede seiner Bewegungen. Noch ehe ich aber meine Augen weiten konnte, wurde aus dem Schatten ein großer Kater. Ich muß da schon irgendeinen Laut aus mir herausgelassen haben, denn Julia fragte: »Was willst du denn schon wieder?«, aber natürlich konnte ich mich in so einem Moment nicht auch noch mit ihr beschäftigen.

Der Prachtkerl war groß und von ansprechendem Körperbau. Er hatte einen auffallend breiten Kopf und eine herrliche Großschnauze. Das gepflegte schwarze Fell leuchtete nachtschön. Es war angenehm kurz und modisch glatt, die Pfoten sympathisch kräftig. Ich spürte einen nie zuvor empfundenen Drang nach Kommunikation mit der eigenen Art, doch instinktiv machte ich den kleinen Notwehrbuckel und entblößte meine beiden Spitzzähne. In diesem Augenblick meiner voreiligen Verweigerung setzte sich der Schattenmann hin. Er begann, sich ansteckend lebensfroh zu putzen, wobei er sich umsah, als würde ihm die ganze Welt gehorchen.

Die vier Pfoten des edlen Riesen steckten in allerliebsten weißen Söckchen. Das gleiche schmeichelnde Weiß schmückte das runde Katergesicht mit den hellgrünen Augen und markierte schließlich als fesche Weste die berückend breite Brust. Nie war ich dem törichten Vorurteil eitler Rassekatzen, die nur den eigenen Stammbaum gelten lassen, so fern wie bei dieser Offenbarung von innerem Adel. Ich spürte, während ich hastig atmete und fiebernd meinen Bauch leckte, daß dieser so altmodisch sanft wirkende Kater keine vulgäre Hauskatze war, kein gewöhnlicher Rattenfänger, sondern ein Ritter von einmaliger Gestalt. So einer wie er, das bestätigte mir jeder hoffnungsfrohe Blick, brauchte nur Stiefel anzuziehen, um sein Glück zu machen. Obwohl ich wußte, daß Supermann mich nicht bemerkt haben konnte, wagte ich nicht, mich zu rühren, als er aufstand. Stark waren die Lenden, kühn der Blick. Das Rätsel des Ewig-Männlichen. Majestät streckte sich und taxierte sein Reich. Eine Weile lief er noch prüfend am Zaun entlang. Dann schlüpfte der geschmeidige Körper unter eine dichte Hecke und verschwand. Ich aber ahnte, daß ich nur meine Zeit abzuwarten brauchte, um den Angebeteten kennenzulernen. Wie im Rausch sprang ich vom Fensterbrett, räkelte mich auf dem Teppich, ließ den Körper fliegen und vergaß Ort und Stunde.

»Seit wann spielst du denn Ball?« fragte Julia. »Bisher warst du dir doch immer zu fein dazu, Königliche Hoheit.«

Erst da merkte ich, daß ich irgendwann, wie ein Trottel, wohl eine Nuß aus der Obstschale geholt haben mußte. Jedenfalls hielt ich sie zwischen den Vorderpfoten wie ein blutjunges Spielkätzchen. Ekelerregend kitschig muß das ausgesehen haben! Ich war so verblüfft und verlegen, daß ich mich fast

noch mehr blamiert hätte und unter das Sofa ge-
krochen wäre. Zum Glück ging mir jedoch rechtzeitig genug auf, daß ich mir nichts zu vergeben
und Julia nichts zu wissen brauchte. Ich schnurrte
gnädig und gab vor, ich hätte die ganze Zeit, während Julia geschlafen hatte, mit der blöden Nuß
gespielt.

Sie sah mich an – zu lange für meinen Geschmack in
dieser irren Situation – und sagte auch noch: »Irgendwie siehst du aus, als hättest du dich soeben
verliebt.«

Der Satz brachte mich total aus der Fassung. Ich
ließ die doofe Nuß Nuß sein, sprang auf Julias Schoß
und verlangte demütig nach dem Trost der Schuldbeladenen. Ich schämte mich entsetzlich. Da hatte
ich ihr wochenlang in ihrer Praxis geholfen und
immer gedacht, sie würde den größten Unsinn ver-
zapfen und nur deshalb soviel reden, weil die Kran-
ken sie dafür bezahlten. Dabei schien sie auf ihrem
Gebiet eine echte Könnerin zu sein. So eine wie
meine gescheite Julia plapperte kein konfuses Zeug.
Die hatte ebensoviel Ahnung von den Geheimnis-
sen einer Seele wie ich – zumindest fast. Der Rest
war Schweigen. Ich kratzte meine Traumfrau am
Knie, leckte engelszart ihr Gesicht ab und knabberte an ihrem himmlisch weichen Ohrläppchen.
Wir schlummerten beide. Unsere Herzen schlugen
im gleichen Takt. Erst als die Pendeluhr fünf Mal
brüllte, ließ ich mein sanftes Kissen wissen, daß ich
Hunger hatte.

»Sag nur«, staunte Julia, »daß wir den ganzen Tag verplempert haben.«

Sie nahm die Nuß von der Schale und rollte sie über den Boden. Obwohl ich mir wie ein stockbetrunkener Kater aus einem Zeichentrickfilm vorkam, konnte ich gar nicht anders, als ihr den Gefallen tun, dem Ding nachzulaufen und es vor mir herzudribbeln. Als ich dachte, ich könnte endlich mit dem Quatsch aufhören, ohne meine Geliebte allzusehr zu kränken, schaute ich sie an. Julia hatte Riesenaugen und flammend rote Backen.

»Weißt du was«, schlug sie vor und quietschte ferkelfroh, »ich habe gerade beschlossen, daß wir uns doch einen Baum leisten werden. Ich fahr voll auf Katzen ab, die Weihnachtskugeln von den Zweigen rupfen. Ich wette, du kannst das auch, wenn man dich sehr darum bittet.«

Ich schickte Blödelfrauchen in die Küche. Es gab Bratkartoffeln mit Spiegelei, und es duftete wunderbar nach Speck und Freude.

In der Nacht wachte ich einmal auf. Julia stand auf einer Leiter, kramte im Schrank und spielte danach mit bunten Kugeln, winzigen Zwergen, die auf goldenen Trompeten bliesen, und mit einem blauschillernden gläsernen Vogel. Ich ließ die Kindische gewähren und träumte weiter von meinem sanften Macho mit seinen schönen weißen Socken.

4.

Liebe Sissi, in dieser verschneiten Idylle lasse ich es mir gutgehen und befolge den Rat einer klugen und charmanten Frau, über mich und meine Zukunft nachzudenken. Für heute bin ich aber mit allen Hausaufgaben fertig, und da darf ein artiger Junge doch auch mal spielen. Ich stelle mir vor, daß Du auf der Fensterbank sitzt und Deine Julia, die Du hoffentlich inzwischen gut erzogen hast, Dir diesen Gruß vorliest und Dir berichtet, daß wir uns sehr bald wiedersehen werden. Fang schon an zu schnurren.
Dein großer und treuer Verehrer Stefan.«

Ich muß schon sagen: Wenn einer die Begabung zum Propheten hat, dann unser Stefan! Ich saß tatsächlich am Fenster, und zu schnurren hatte ich in dem wunderbaren Augenblick begonnen, als Julia mit der Karte hereingestürzt war und sie mir nichtsahnend unter die Schnauze gehalten hatte. Es gibt eben mehr Dinge zwischen Himmel und Erde, als sich die Menschen träumen lassen.
Leider las Frau Doktor die paar Zeilen nun so betont langsam, als wäre ich noch nie dahintergekom-

men, daß die meisten Menschen schreiben und lesen können und die hübsche alte Kunst auch nicht verlernen, obwohl sich manche in dieser Beziehung neuerdings eine enorme Mühe geben. Mir fiel auf, daß Julia stotterte, und natürlich habe ich das nicht gern bemerkt – in meinem Beruf weiß man leider zu gut, was plötzlich auftretende Sprachschwierigkeiten bedeuten.

Überhaupt benahm sich Julia, die doch täglich irgend etwas aus ihrem Briefkasten herausholte und bestimmt auch nicht zum ersten Mal eine simple Ansichtskarte, reichlich kurios. Sie wirkte total verdattert, aber keineswegs unglücklich. Einmal klappten ihre Augenlider zu, als wäre sie in dem Zustand, den sie taktloser Weise auch vor mir als »hundemüde« zu bezeichnen pflegt. Kurz darauf zeigte sie aber volle Pupille und lachte beim Lesen – die Stelle betraf gerade mich, und ich fand sie kein bißchen komisch. Ich konnte mir so gar kein richtiges Bild von ihr machen.

Das wiederum hat mich verwirrt, denn ich habe selten Schwierigkeiten, das einfache Julia-Gemüt zu durchschauen. Obwohl wir kärglich gefrühstückt und uns mittags mit einem Rest kalten Magerfisch begnügt hatten (sogenannte »Kalorien-Konzession« an die brandneue Backleidenschaft meiner Süßen), wirkte Julia, als sei es nicht ein Uhr mittags, sondern spätabends in der Endphase von der großen Butter-, Zucker- und Mehlschlacht.

Das feine Seidenhaar meines tüchtigen Bäckerengels sah aus wie ein schlampig gebautes Vogelnest, die Wangen waren tomatenrot, und mitten beim Lesen stand Julia völlig unmotiviert auf, holte ein Geschirrtuch aus der Küche und wischte sich den Schweiß von der Stirn. Mich wunderte, daß selbst eine Ärztin solche Mühe beim Lesen hatte. Auch die vertraute Rauchstimme klang anders als sonst, wahrlich nicht unangenehm, eher eingesüßt und sanft.

Ich fand, diese Stimme ähnelte den Liedern, die zur Zeit immerzu im Radio gespielt wurden und mir auch dann Appetit auf Schlagsahne mit Vanillezucker machten, wenn ich eigentlich keinen Bissen mehr hätte hinunterbekommen können. Julia sang oft mit. Mich wunderte sehr, daß sie die Texte und Melodien so gut kannte. Sie hatte ihre Liebe zur neuen Musik ja erst entdeckt, als sie zu backen begonnen und mir weisgemacht hatte, es gehe ihr dabei allein um die kreative Entspannung.

»Sag mal, warum bist du so aufgeregt?« fragte Julia, als sie endlich fertig gelesen hatte.

Es verblüfft mich immer wieder, wenn ich so unmittelbar miterlebe, daß Menschen sich so schlecht beherrschen können. Julia hatte das kleine Wort »du« verräterisch falsch betont und dabei auch noch die Hautfarbe gewechselt. Ich zuckte jedoch mit keinem Barthaar und sah sie an wie sonst auch, wenn ich merke, daß es sie nach Ansprache verlangt. Es kann allerdings sein, daß ich ihr Gesicht einen Nu länger und aufmerksamer fixierte als nötig, aber sonst war meine Körpersprache perfekt.

»So blauäugig wie du möchte ich auch mal sein«, seufzte Madame Neugierde.

Selbst, wenn ich gewollt hätte, wäre es mit der Aufklärung nichts geworden. Julia hat die unempfindsame Nase aller Raucherinnen, und den Braten, der in meinem Herzen schmorte, hätte die Ärmste in hundert Jahren nicht gerochen.

»Du grinst ja«, warf mir Julia vor.

Natürlich war ich geschmeichelt und in Superlaune. Stefan, der kluge Katzenkenner, hatte seine wunderschöne Ansichtskarte mit Baldrian parfümiert – ganz gewiß nicht, um Julia eine Freude zu machen. Auf so einen naseweisen Gedanken kommt nur einer, der weiß, daß Katzen total aus dem Häuschen sind, wenn sie Baldrian schnuppern. Ich schaute Julia an, sie mich, und wir schwiegen beide.

»Ran an die Gewehre«, polterte Julia plötzlich und schob mich von ihrem Schoß. Ich hätte für mein Leben gern gewußt, wo die phlegmatische Pazifistin den ordinären Ausdruck aufgeschnappt hatte, aber es duftete aus der Küche so verführerisch nach frischer Hefe, daß ich ihre kriegslüsterne Aufforderung nicht rügte.

Es wurde zunächst ein traumhaft fettes, rundum harmonisches Backfest – wahrhaftig nicht nur deswegen, weil es Butter (gute französische) satt gab und Julia zwei Eier aus der Hand fielen. Ich war fixer als sie und durfte beide Dotter aufschlecken. Bei Eiern pflegt Julia leider auf unangenehme Weise herauszukehren, daß sie Ärztin ist.

Da schreit sie ängstlich entweder »Salmonellen« oder »Cholesterin«, schüttelt den Klugkopf und murmelt: »So weit haben wir's gebracht.« Am Baldrian-Abend aber hat sie beim Backen Rotwein getrunken, ihre Nase tief in das Röhrchen mit Rum-Aroma gesteckt und Rosinen in Sherry eingeweicht. Sie war also noch reaktionslangsamer als sonst. Es gelang ihr nur noch, mir die Eierschalen zu entreißen.

Der Rotwein hatte eine überaus pikante Nebenwirkung. Er ließ die phantasievolle Backmamsell komplett vergessen, daß Katzen zwar nicht reden, aber jedes Wort verstehen können. Bei geliebten Menschen hören wir sehr genau zu. An diesem denkwürdigen Abend fiel mir das nicht schwer. Wir sprachen hauptsächlich von der Liebe.

Ich habe, als Julia das animierende Thema aufgriff, sofort im feinen Baß geschnurrt, jedoch kein Sterbenswörtchen von meinem Kater erzählt. Sie indes plapperte so viel und so schnell, als wäre ich eine ihrer Patientinnen und müßte zur schnellen Genesung alle ihre Weisheiten mit Löffeln fressen. Anfangs war ich so beschäftigt mit den Zimtsternen, daß ich nur mit einem Ohr zuhörte und immer dann nickte, wenn sie mal Atem holen mußte. Den Trick habe ich von ihr gelernt.

Erst als wir die lusttreibenden Makronen probierten und Julia, ohne es zu merken, eine nach der anderen zwischen den Zähnen zermalmte und mit krümelvollem Mund redete, ging mir im vollen Umfang auf, daß sie dabei war, ihr Herz wie einen Brotbeutel vor der Wäsche umzustülpen. An sich bin ich allergisch gegen Störungen beim Essen, aber erstens war ich da schon satt genug, um mich großzügig zu geben, und zweitens bin ja auch ich neugierig. Vor allem dann, wenn es sich lohnt.

»Weißt du«, erklärte Julia, »es ist ja nicht so, daß ich noch an die große Liebe glaube oder jemanden brauche, aber Stefan Berg ist mir ungemein sympathisch. Er ist so ganz anders geworden. Mich wundert, daß ich so lange brauchte, um zu merken, wie ich ihn nehmen muß.«

Meine heißgeliebte Naschkatze wischte sich den Mund mit dem Ärmel ab, kratzte sich verlegen am Kopf und bat doch tatsächlich: »Das darfst du natürlich keinem Menschen erzählen. Der hält mich ja für total bekloppt.«

Allein die Unterstellung, ich könnte auf eine so verrückte Idee kommen, war kränkend. Nichts lag mir in diesem Moment ferner, als Dinge zu verraten, über die Julia wirklich nur mit einer vertrauten Bezugsperson sprechen konnte. Meinen Kopf hätte ich verwettet, daß sie nun mal wieder einen Teil der Wahrheit retouchieren, den Rest durcheinander bringen und die Geschichte von ihrem vermeintlichen Erfolgserlebnis hervorkramen würde. Am liebsten hätte ich laut gelacht, aber den Teil hat sie übernommen.

»Würdest du etwas dabei finden«, fragte sie, »wenn ich Stefan zu Heiligabend einlade? Ich meine«, fuhr sie fort und spielte mit ihrem Haar, »er ist allein, und ich bin allein.«

Ich muß ziemlich verdattert ausgesehen haben, doch Julia schien das nicht weiter aufzufallen. Sie redete bereits weiter auf mich ein. »Ich weiß schon, was du mir sagen willst. Eine Therapeutin hält keinen persönlichen Kontakt mit ihren Patienten. Das weiß ich auch. Aber bin ich vielleicht keine Frau?«

Mir fiel auf, daß mein armes Häschen schon wieder Sprachschwierigkeiten hatte und geradezu behandlungsbedürftig herumstammelte. Sie ließ den Kopf nach unten baumeln und verbuddelte die Hände in ihrer Schürzentasche. Ich strich ihr aufmunternd um die Beine, und als das nicht sofort wirkte, zog ich an ihrem Rock. Da hat sie endlich kapiert, daß sie sich erst einmal entspannen mußte, und warf sich auf den Küchenstuhl. Voll ins Butterpaket! Ich hielt ihr meinen Kopf hin und leckte sie so lange mit der Fettzunge ab, bis sie wieder normal sprechen konnte.

»Quatsch, vergiß es«, murmelte Julia, »das war nur so eine verrückte Idee, wie ich sie manchmal habe. Kannst du das verstehen, Prinzessin?«

Ich konnte und ließ sie es auch wissen. Ich war in allerbester Verfassung, so klug, zärtlich und verständnisvoll wie selten und ungemein froh, daß mich so schnell nichts erschüttern konnte. Dem kleinen eitlen Biest ist es dann prompt doch gelungen.

»Ich will dir auch genau erklären«, sagte Julia, »weshalb ich mich fast vergessen habe. Mir hat es mächtig imponiert, daß Stefan sich dazu aufgeschwungen hat, mir zu schreiben. Das ist ihm bestimmt nicht leichtgefallen.«

Das war ein Volltreffer, wie er den wenigsten gelingt. Selbst die Gutmütigsten von uns lassen sich nicht für dumm verkaufen. Ich zeigte Kralle und Zahn. War meine Julia, diese Pfundsperson, mit der sich über alles reden ließ, unverschämt, vertrottelt oder nur naiv? Sie muß doch gemerkt haben, wem von uns beiden Stefan geschrieben hatte.

Man kann doch Wahrheit nicht durch einen Fleischwolf drehen und aus ihr einen falschen Hasen machen. Einen ratlosen Augenblick überlegte ich, ob ich Julia das Gesicht oder den Arm zerkratzen sollte, um sie zur Vernunft zu bringen, dann begnügte ich mich jedoch mit der Strumpfhose. Das reichte. Strumpfhosen sind dem koketten Geizkragen heilig.

Eine Weile versuchte Julia noch so zu tun, als wüßte sie nicht, worum es gehe, aber im Bett – unter der Decke und logischerweise im Dunkeln – hat sie mir doch gestanden: »Du, ich glaube, ohne dich, meine geliebte kleine Therapeutin, wäre unser Stefan gar nicht auf die Idee gekommen, uns zu schreiben.«

Weil ich genau weiß, wie schwer es Menschen fällt, einen Fehler zuzugeben, habe ich Julia für ihre späte Aufrichtigkeit sehr bewundert, doch eine kleine Strafe war angebracht. Ich schniefte nur, spielte die Beleidigte und schlief ein, ohne sie für ihren guten Charakter zu loben. Leider lief sie am nächsten Morgen sofort nach dem Frühstück aus dem Haus, so daß es mit dem fälligen Versöhnungsleckerli auch nichts wurde.

Statt dessen hat mich die reuige Sünderin über alle Maßen beschämt. Als die Wohnungstür aufging, stolperte ein riesengroßer Tannenbaum in die Diele. Das muß sich einer mal vorstellen. Ein echter Baum für meine Pediküre! Andere Menschen kaufen ihren Katzen alberne Kratzbäume aus Kunststoff und billigem Velour. Hinter meiner springlebendigen Tanne stand meine über alles geliebte Julia. Wie rührend zierlich sah sie doch in dem knabbersüßen Pelzmantel aus, als sie mir die Gabe zu Füßen legte!

»Hier, Sissilein«, hechelte sie, »wir beide feiern das schönste Weihnachten, das es je gab. Sechsmal mußt du noch schlafen.«

Ich war so überwältigt von ihrer Großherzigkeit und erregt vom herrlich dezemberfrischen Duft des Friedensangebots, daß ich das zweite Geschenk erst bemerkte, als Julia den Baum auf die Terrasse schleifte und sich dort sofort daranmachte, ihn aus seinem Drahtkerker zu erlösen. Sie hatte die Wohnungstür offengelassen.

Begeisterung und Dankbarkeit entflammten in meinem Körper zur seligen Glut. Alles hatte ich nach unserem nächtlichen Plausch, Julias kleiner Entgleisung und meiner klugen Zurechtweisung erwartet, nur nicht dies. Mein kleiner Angsthase hatte sich selbst überwunden und begriffen, daß nur Liebe ohne Fesseln Bestand hat. Julia war endlich erwachsen geworden. Sie vertraute mir. Sie schenkte mir die Freiheit, weil sie wußte, daß ich wiederkommen würde. Mir schwindelte.

Vorsichtig steckte ich meine Schnauze in die kalte Luft, auch sehr zaghaft die Vorderpfoten, schließlich aber doch den ganzen Körper. Ich zögerte einen schuldbewußten Herzschlag, als die geliebte Stimme nach mir rief, doch nur die allergrößten Narren verschenken ihre Siege. Wie ein Tiger auf der Jagd sprang ich die drei Stufen hinunter und stand mitten im Garten. Souverän und kraftvoll.

Als ich stolz den Schwanz in die Höhe richtete, merkte ich, daß es regnete. Ich sah mich um und dann mich an. Beides sehr genau. Mein Fell war naß, die Pfoten schwer und die Hochstimmung dahin. Unendlich groß war das Verlangen, zurück in die Wärme, in die gemütliche Vertrautheit zu eilen, aber das durfte ich nicht. Wie unhöflich und stillos wäre es gewesen, Julias gütige Gabe zurückzuweisen.

Ich kletterte, nein ich flog auf den Baum, den ich aus der Vor-Julia-Zeit so gut kannte, krallte mich fest in seine Rinde, schüttelte Regen und Wind von mir ab und starrte – wie damals – in die Küche hinunter.

Mein fleißiges Lieschen war dabei, den größten Topf, den ich je in meinem Leben gesehen hatte, aus dem Schrank zu holen. Ich nahm jede Bewegung wahr, hörte selbst aus der großen Höhe appetitliches Klappern und malte mir – im Geiste schleckend – die Delikatessen aus, die in so einem Riesentopf Platz hätten. In diesem Glücksrausch liebte ich Julia so sehr, daß ich mir vornahm, ihr jede Dummheit zu verzeihen und nie mehr zu vergessen, daß sie nur ein Mensch war.

Diese Fülle meines Herzens brachte mir jedoch auch zu Bewußtsein, daß ich ihr meine Liebe mit leeren Pfoten würde gestehen müssen.

Da sah ich die Maus. Wenn es stimmt, daß es Geschenke gibt, die vom Himmel kommen, dann hatten die Himmlischen soeben mich bedacht. Keine Katze vor mir ist je so rasch von einem Baum geklettert. Die letzte Strecke des steilen Abstiegs rollte ich kugelgleich hinab. Mein Körper war leicht wie eine Feder, als ich den Boden berührte, pfeilschnell bei dem entscheidenden Beutesprung. Ich gönnte mir weder die Freude des langsamen Anschleichens noch die Lust des Spiels beim Töten, sondern biß zu, als hätte ich seit Tagen gehungert und brauchte diese erbärmliche Maus zum Überleben. Angenehm warm war das Fell in der Schnauze, glühend die Befriedigung von Jagd und Bewährung. Fünfzig Schritte später stand ich in der Küche und legte meiner Angebeteten stolz und laut schnurrend meine Gabe zu Füßen. Das erzdumme Luder kreischte wie ein Ferkel. Kein vernünftiges Wort, nur eine Reihe von fürchterlichen Gurgellauten kamen aus dem schreckhaft aufgerissenen Mund.

»Wo hast du das Ding her?« schluchzte Julia.

»Aus dem Kühlschrank«, hätte ich am liebsten gesagt.

Trotzdem war ich nicht gekränkt. Ich sagte mir nur immer wieder, daß die Reaktionen von Menschen nicht kalkulierbar sind und daß man sie nehmen muß, wie sie sind. Die Erkenntnis machte mich unverwundbar. Für alle Zeiten.

»Willst du die essen?« fragte Julia, die Ahnungslose, und hob jammernd ihren Rock hoch.

Ob sie wirklich annahm, daß tote Mäuse quietschenden Frauen an die Beine gehen? Es hat eine Zeit gedauert, ehe wir beide wieder normal miteinander verkehren konnten, und ausgerechnet da entdeckte Julia die offene Wohnungstür. Sie vergaß, daß ich neben ihr stand, und jaulte hysterisch: »Sissi.«

»Mein Gott«, schluckte sie, als es mir endlich gelungen war, sie zu beruhigen, »jetzt verstehe ich alles. Sag nur, du bist im Garten gewesen und von allein zurückgekommen.«

Ich schob ihr meine blankgeputzte, vom Blut befreite Schnauze entgegen. Sie streckte zögernd zwei Finger vor. Natürlich kam mir da der Verdacht, sie hätte die Tür nur zufällig offengelassen. Ich knurrte ein wenig unwillig, aber dieses eine Mal hat sie mich überraschend schnell verstanden. Wir gingen zu dritt in den Garten – die Maus in Alufolie, Julia in Pantoffeln und ich in Ehren. Ich zeigte ihr die Stelle, an der ich ihr Geschenk erlegt hatte. Sie blieb stehen, glotzte, sah wieder einmal gar nichts und trottete ins Haus zurück. Ich hinter ihr her.

»Du folgst mir ja wie ein Hund«, wunderte sich Julia.

Ihre erleichterte Freude bewegte mich so sehr, daß ich nicht das Herz hatte, sie auf den unpassenden Vergleich hinzuweisen. Statt dessen nahm ich mir vor, ihr sehr bald beizubringen, wie man eine Katze hinausläßt, ohne einen Dieb hineinzubitten. In den wenigen Tagen, die uns bis Weihnachten noch blieben, war ich viel zu beschäftigt, um überhaupt nur an den Garten zu denken. Ich lernte endlich, was die Menschen meinen, wenn sie das Wort »Weihnachtsstreß« wie ein einsamer Wolf in der Wildnis heulen.

Selbst eine Katze braucht ein dickes Fell, will sie Weihnachten mit einem kühlen Kopf und einer anständigen Figur erleben. Ich mußte auspacken, spielen, naschen, Tränen trocknen und mir dabei Geschichten, Lebensbeichten, schwachsinnige Lügen und traurige Wahrheiten anhören. Mir wurden unverschämt unmoralische Vorschläge gemacht, Partner und Wohnung zu tauschen, und entzückende Liebeserklärungen ins Ohr gesäuselt. Nie aber durfte ich die Menschen merken lassen, daß ich wußte, was sie sagen würden, ehe sie überhaupt den Mund aufmachten. Ich schnurrte ohne Pause und wie ein Rasenmäher, weil mir klar war, daß Julias Patienten mich brauchten wie ihr tägliches Brot. Sie nannten mich glucksend »Christkindchen«, liebkosten und küßten mich, sangen mir alberne Lieder vor und bestanden darauf, daß entweder ich oder Julia ihre Präsente auf der Stelle auspackten.

Es waren wunderschöne kleine Päckchen mit roten Bändern und großen Schleifen, mit bimmelnden Glöckchen, schaukelnden Engeln und blumenbunten Kugeln, die das Licht in winzige, farbige Perlen auflösten. Ich riß an den Schleifen, und sie riefen: »Wie niedlich!« Ich spielte Fußball mit den Kugeln, sie fegten ihre Augen trocken und lachten.

Ich schwenkte güldene Glöckchen wie ein Dackel seinen Knochen, und sie klatschten, wackelten mit den Augenlidern und sagten: »Danke.« Ich futterte feine Butterplätzchen und trockene Katzenkekse, kaute an quittegelben Gummimäusen, die ohrenbetäubend quietschten, wenn ich ihnen den kleinsten Nackenbiß verpaßte. Ich kostete Stollen, Gänseleberpastete und ein Stück von einem Aal, der ein rotes Samtband um den Hals hatte.

Ich dachte, ich würde platzen oder von dem dämlichen Herumhopsen auf der Stelle närrisch werden, aber ich brauchte nur die Menschen anzusehen, deren Kummer und Sorgen ja niemand so gut kannte wie ich, und schon machte ich weiter. Julia saß meistens faul in ihrem Stuhl und lächelte. Oft sah sie mich grüblerisch an.

Meinen Erfolg hat sie mir aber nie geneidet. Noch nicht einmal an dem Tag, als ein Patient, der mir bis dahin durchaus als ein nüchterner und wohl auch leidlich kluger Mensch erschienen war, mir sagte:

»Ich danke Ihnen so sehr Frau Doktor für diese schöne Stunde. Ich wußte gar nicht mehr, daß ich noch lachen kann.«

»Ich auch nicht, ehe Sissi zu mir kam«, mischte sich Julia leise ein, doch ich habe jedes einzelne Wort gehört.

Einen Tag vor Heiligabend schlossen wir die Praxis. Wir waren beide am Ende unserer Kräfte. Julia schlief mit der Zigarette in der Hand ein, ohne sie anzuzünden; ich kam mir wie ein Luftballon vor, sah meiner Meinung nach auch so aus und konnte nicht zu Abend essen, aber schon am nächsten Morgen gingen Jubel und Trubel weiter. Obwohl die Sonne schien, summte Julia »Schneeflöckchen, Weißröckchen« und holte die Tanne von der Terrasse.

Wie hat die Gute gestöhnt und gejammert, ehe sie den Baum im Ständer hatte, aber mit wieviel Liebe, Geduld und auch Humor half sie mir beim Schmücken. Ich, die ich noch nie einen Weihnachtsbaum herausgeputzt hatte, war flinker und kreativer als sie. Nun war es nämlich Spiel und nicht mehr Arbeit, wenn ich Silberkugeln über den Teppich jagte oder vergoldete Nüsse ins Tor schoß und an den bereits geschmückten Tannenzweigen rüttelte, bis die Engel tanzten und Julia schrie. Jede Minute des Wirbels habe ich genossen, dazu die fein knirschenden Spekulatius und zartes Buttergebäck.

»Meine Güte«, erkannte Julia, »ohne dich könnte Weihnachten ja gar nicht stattfinden. Wie machst du das nur, daß sich deine Frohnatur nie abnutzt?«

Wenn sie sich eine ihrer dämlichen Fragen hätte selbst beantworten können, dann die! Hat sie oder ich unseren Patienten empfohlen, jeden Tag zu genießen, als sei er der erste im Leben? Der 24. Dezember begann schmausig schön mit einem Frühstück, das mir Julia an einem gewöhnlichen Sonntag als Brunch serviert hätte. Sie sagte: »Das muß uns bis heute abend reichen, meine Dicke«, und trällerte: »Heute kommt der Weihnachtsmann.« Bing Crosby sang »White Christmas«, und Julia weinte ein bißchen, aber nicht traurig, sondern genau passend zur Melodie.

»Findest du mich arg blöd, daß ich für uns beide eine Gans gekauft habe?« fragte sie beim Kastanienschälen. Ich zwickte die scheinheilige Schwindlerin zärtlich ins Bein.

Glaubte meine Teuerste wirklich, ich würde nicht mitbekommen, daß sie für zwei Personen Silberbesteck putzte und das Service mit dem Goldrand aus der Vitrine geholt hatte?

»Na ja, ich hab Stefan vorgeschlagen, daß er vorbeikommen soll, wenn er nichts Besseres zu tun hat«, gab sie beim Tischdecken zu und fragte mich, endlich unverklemmt, ob sie das schwarze oder rote Kleid anziehen solle. Ich riet ihr zur Farbe der Rosen. Sie sah entzückend aus.

Ich glaube, das hat auch Stefan gesagt. Wenn einer gleichzeitig flüstert, stammelt, mit Blumenpapier raschelt und sich die Hand vor den Mund stopft, kapiere ich trotz meines scharfen Gehörs nicht jedes

Wort. Als er mir aber mein Geschenk überreichte, war er überhaupt nicht mehr verlegen. Ich fand sogar, daß er eine entfernte Ähnlichkeit mit meinem Kater hatte, und das sagte ich ihm auch.

»Wenn ich dich nur verstehen könnte«, lachte Stefan.

Er hatte mir ein herrliches Seidenkissen mitgebracht. Ich half ihm beim Auspacken (blaues Band passend zum Kissen), warf mich in die weiche Verlockung und ließ meine Augen glühen. Julia bekam ein langweiliges Buch, glühte aber auch. Nicht mit den Augen.

Nach den ersten drei Happen von der herrlich kroß gebratenen Gans machte ich Pause und hörte den beiden eine Weile nur zu. Sie redeten so viel, als wären sie in der Praxis und nicht in einem Paradies, in dem Kerzen brannten und Kugeln strahlten.

Stefan roch nach Mann und Maronen, als er in die Gänsebrust stach, meine Julia so himmlisch nach Maiglöckchen, daß ich meine Manieren vergaß. Ich setzte mich an die Tafel.

»Ich sei, gewährt mir die Bitte, in euerm Bund der Dritte«, sagte Stefan. »Macht Königliche Hoheit das öfter?«

»Leider«, sagte Julia, »ich bin pädagogisch total unbegabt.«

»Ich mag keine pädagogisch begabten Menschen«, erwiderte Stefan und spielte entzückend scheu mit einem silbernen Löffelchen, »pädagogisch begabte Katzen sind mir lieber.«

5.

»Räumen Sie doch lieber Ihr Leben auf als den Keller«, empfahl Julia zum Schluß der Behandlung unserer schwierigsten Patientin.

So erfrischend verständlich redet eine Therapeutin wahrhaftig nicht alle Tage, doch Frau Doktor war leicht verschnupft und schwer verstimmt. Da hat ihr Vorrat an Geduld mehr Löcher als Schweizer Käse. Ich fand, sie hatte in diesem schwierigen Fall recht, und zwinkerte ihr zu. Die Patientin war ohnehin nicht mein Fall. Sie trug nur dunkelblaue Kleider und hatte eine kränkende Angst vor Katzenhaaren. Außerdem roch sie nach Kernseife und redete immerzu von Frühjahrsputz.

Es sollte Sonderschulen für Besenhexen und Putzteufel geben. Von allein kommen die nicht dahinter, daß März ein besonders gelungener Monat ist – übrigens gerade für Katzen, die nicht vorhaben, ein Leben lang auf ihre arterhaltende Selbstbestätigung zu verzichten.

Kaum war die Patientin fort und ich im Hochgefühl, bis zum ersten Abendimbiß dienst- und pflichtfrei zu haben, setzte mir prompt eine ungewöhnlich

warme Sonne die erste Frühlingslaus in den Pelz.
Ich saß auf der Gartenmauer und war angenehm
schläfrig und so schön verkatert, wie es eine emp-
findsame Katze um diese Jahreszeit nur sein kann.
Lebensbejahend hielt ich Ausschau nach den weißen Socken meines Herzensmanns. Ich hatte ihn
lange – leider zu lange – nicht mehr gesehen.
Gut gesättigt, belauschte ich die ersten beiden
Schwalben der Saison. Noch konnten sie sich nicht
über ihren Nestbau einigen. Ich fragte mich, ob
Julia zu der Sorte Tierfreunde gehören könnte, die
einer Katze im Lenz der »lieben« Vögel wegen ein
Glöckchen um den Hals hängen, und schüttelte
mich leicht – wie ich es immer tue, wenn ich ein
Problem als zu unangenehm empfinde, um es un-
verzüglich anzugehen. An einem solchen Tag ließ
ich mich nicht um meinen Seelenfrieden bringen.
Zwei Eichhörnchen jagten erst einander und dann
gemeinsam eine Nuß vom Herbst. Ich hörte einen
Mäuserich schwadronieren, einen Mops bellen und
das Gras wachsen.
Der Tag war zu schön, um ihn allein zu pflücken.
Selbstlos ging ich Julia suchen. Sie spielte gerade
mit meinen Grünpflanzen am Wohnzimmerfenster
und witterte wieder mal Katastrophen: einer ihrer
kostbaren Hätschelkamelien fehlte eine Jungblüte.
Zum Glück neigte sie bei solchen Entdeckungen
schon lange nicht mehr dazu, mit ihrem grünen
Daumen zu prahlen, der ihr zeitgleich mit meinem
Erscheinen abhanden gekommen sei. Sagte sie.

Hilfsbereit zeigte ich ihr den klitzekleinen Rest der Blüte unter der Heizung. Julia klagte, als sei sie Vegetarierin und habe sich dieses kümmerliche Kamelienstück als besonders raffinierte Zutat für einen delikaten Salat reserviert.

»Du bist ein Monster«, schimpfte sie, »ein Monster mit einem Engelsgesicht. Das macht die Sache noch viel schlimmer.«

Nach einiger Zeit konnte ich die schniefende Stubenhockerin aber doch überreden, mich in den Garten zu begleiten. Ich führte sie zu den ersten Osterglocken. Die Mühe hätte ich mir sparen können. Die gute Julia hat nichts läuten gehört und wieder mal alles falsch verstanden – einschließlich ihrer eigenen klugen Reden, das Leben nicht mit Aufräumen zu vertrödeln. Eine Stunde später stand sie nämlich auf der Leiter, riß Gardinen herunter, putzte Fenster und hatte die Stirn, ausgerechnet mir zu sagen: »Die Sonne bringt es an den Tag!«

Das war indes nur der noch harmlose Auftakt zu einer Kette von wahren Horrortagen. In dem hübschen Julia-Köpfchen hatte, je länger die Tage wurden, nichts anderes mehr Platz als das böse Wort Frühjahrsputz.

»Der muß sein, Sissimaus«, versicherte sie dumm und dreist.

Zu den Dingen, die »Sissismaus« am meisten haßt auf dieser Welt, gehören Staubsauger, Eimer mit übelriechender Chemie und die klitschnassen

Wischlappen einer putzenden Chaotin unter den Pfoten. Obgleich jedes Gänseblümchen kopfnickend zu Frühlingsfreuden rief, die Veilchen blühten und der Flieder schon fest in den Knospen saß, sah es bei uns beiden ganz nach großem Sturm aus. Zu Julias Ehrenrettung muß ich allerdings berichten, daß sie es war und nicht ich, die einen akzeptablen Kompromiß fand.

»Wenn dich das alles so stört«, schlug sie eines Tages beim Teppichdreschen vor, »dann geh doch so lange in den Garten.«

Ich ging. Und wie! Am Wochenende kam es zu den längsten Trennungen von Tisch und Bett. Mit der Zeit gelang es mir jedoch, die anfängliche Angst zu überwinden, Julia könnte in den Stunden ohne mich depressiv werden und irgendeine Kurzschlußhandlung begehen. Unerfahren wie ich war, glaubte ich blind, was ich in unserer Praxis hörte, und da klagte schließlich jeder Zweite über den Fluch von Einsamkeit und monotoner Arbeit. Meine Putzjule schlug da total aus der Art. Sie hatte überhaupt kein Bedürfnis, sich von Staubtuch und Eimer zu emanzipieren und behauptete, sie könnte nur mit Lappen und Besen von ihrem Winterfrust genesen. Augenscheinlich stärkte es ihr Selbstbewußtsein, wenn sie stundenlang auf einem Fleck herumreiben, die Wohnung zuerst unter Wasser setzen und sie dann – ächzend – wieder in ihren ursprünglichen Zustand zurückverwandeln durfte.

»Mir macht das Spaß«, versicherte sie mir abends,

wenn alle Zimmer nach Zitrone rochen und sie selbst auch nicht mehr gut.

Ich ließ mein Dummerchen gewähren, um so mehr, weil sie keine Zeit mehr hatte, nur deshalb in regelmäßigen Abständen nach mir zu rufen, weil sie sich vergewissern mußte, daß ich mich nicht in Luft aufgelöst hatte. Selbst ihr war endlich aufgegangen, daß sich niemand so gut mit sich selbst beschäftigen kann wie eine Katze. Im Frühjahr erst recht.

Die gründliche Inspektion des Geländes war überfällig. Das Gras war pfotenfreundlich wie zu keiner anderen Jahreszeit. Täglich wurden meine Kreise größer und damit die Gewißheit, daß der Garten keine phantasielos angelegte Grünfläche war, sondern ein beglückender Erlebnisraum. Im Rosenbeet logierte eine Maulwurffamilie, auf dem Haselnußbaum ein unterhaltsam larmoyanter Buntspecht und zwischen Mülltonnen und Hauswand ein Völkchen leichtlebiger Mäuse. In der windgeschützten Nische am Zaun begann der Kirschbaum zu erröten, das Nachbargrundstück bot Schnittlauch, Dill und Petersilie.

»Bleib bloß in unserem eigenen Garten«, hatte Julia gesagt, »ich weiß nicht, ob mit den Nachbarn von drüben gut Kirschen essen ist. Die Frau grüßt mich immer, als hätte ich ihr was ans Zeugs geflickt.«

Mir war nicht klar, weshalb Julia mit irgendwem Kirschen essen wollte, ehe der Baum Früchte trug. Und zum Flicken war Gnädigste wahrlich nicht zu gebrauchen. Sie konnte kaum einen Knopf annähen – leider, denn ich spiele für mein Leben gern mit Fäden. Trotzdem tat ich ihr drei Tage den Gefallen und blieb im eigenen Reich. Am vierten war ich zu tatenfroh, um mich länger an das Blech zu halten, das sie redete. Ich sprang auf die Mauer. Gucken war ja erlaubt. Da sah ich den Jungen.

Er war angenehm klein und reizvoll langsam in seinen Bewegungen. Seine Augen erinnerten mich an einen Hund, dem man versprochen hat, mit ihm Gassi zu gehen, und dann zu lange hat warten lassen. Der Junge erschien mir katzenfreundlich sanft.

Die meisten Siamesen machen sich nichts aus Kindern. Im Babyalter haben sie eine Stimme, die uns irritiert, weil sie der eigenen gleicht, später die Angewohnheit, nach Schwänzen und Ohren zu grabschen und dabei auch noch zu kreischen. Ich denke da anders.

Kinder muß man als Einzelwesen sehen. Wenn man sie nicht im Rudel trifft, sind sie wie junge Katzen und noch nicht so dominant wie ausgewachsene Menschen. Kinder sind zutraulich, verspielt und rührend dankbar für jede Form von Aufmerksamkeit und Ansprache. Tolerante Katzen wie ich nehmen es Kindern nicht übel, wenn sie uns mal zu fest drücken.

Als der Junge mit den Hundeaugen mich erblickte, lief er im Wieseltempo auf mich zu. Er stellte sich auf Zehenspitzen und streckte beide Arme nach vorn. Ohne einen Laut von sich zu geben, begann das Kind, mich mit seiner rechten Hand zaghaft zu streicheln. Sie war sonnenwarm und von erfrischendem Erdgeruch.

»Du hast ja total blaue Augen«, flüsterte der Junge. Dieser Hauch einer Stimme, so schön wie der erste Atemzug eines milden Windes, erreichte im gleichen Moment meine Ohren wie mein Herz. Ich schnurrte – ebenso leise, wie der Junge gesprochen hatte.

»Wie heißt du denn?« fragte er, und weil er meine Antwort nicht verstand, stellte er sich vor. »Ich heiße Oliver«, sagte er und verbeugte sich.

Seine Höflichkeit gefiel mir so gut, daß ich die Erdhand mit dem Kopf berührte. Ich sagte ihm, ich hätte Appetit auf Petersilie und Angst, mir die Pfoten in dem feuchten Beet schmutzig zu machen. Er zeigte auf seine Gummistiefel, lachte und holte einen kleinen Strauß, den er mir – wieder mit dieser hübschen, diensteifrigen Verbeugung – überreichte. Wir kauten beide an dem zarten Frühlingsgrün. Er kicherte, ich schnurrte, und wir gewöhnten uns ein wenig aneinander. Als ich mich mit ihm für den nächsten Tag verabredete, schoß Licht in seine Augen.

Auch Oliver war ein Gewohnheitstier. Er erschien zwei Tage lang um die gleiche Zeit und stand jedes Mal mit Petersilie in der Hand an der Stelle unserer ersten Begegnung. Am dritten Tag sah ich noch vor der Zeit vom Wohnzimmerfenster aus, daß seine Augen sich ängstigten, ob sie mich finden würden. Es regnete »junge Hunde«, wie Julia zu sagen pflegt. Trotzdem habe ich Oliver nicht enttäuscht.

»Seit wann«, fragte Julia, als ich mit nassem Fell ins Haus zurückkehrte, »schwärmst du für Regen? Sag nur, du hattest eine wichtige Verabredung und konntest sie nicht verschieben.« An guten Tagen ist Julia so klug und sensibel wie eine Siamkatze. Da werde ich fröhlich und verzeihe ihr, daß sie sonst nicht die Hellste ist.

Am vierten Tag vertraute Oliver mir an: »Ich kann nicht sprechen.«

Ich vermutete, daß er nach Kinderart wohl »ich« und »du« verwechselt haben mußte. Ohne eine Spur von Besserwisserei wies ich ihn auf seinen – eigentlich sehr liebenswerten – Irrtum hin. Er wiederholte jedoch: »Ich kann nicht sprechen.« Danach flüsterten wir beide weiter, als sei nichts geschehen. Ich streifte seinen Arm mit meinem Schwanz. Er quietschte, sagte: »Das kitzelt«, und hörte nicht mehr auf zu reden. Ich sah ihn an, nicht sehr streng, aber doch entschlossen genug, um ihm begreiflich zu machen, daß ich zwar gutmütig bin, mich jedoch nicht für blöd verkaufen lasse.

»Nein«, sagte Oliver, »richtig sprechen kann ich nicht mehr.«

Ich merkte, wieviel ihm daran lag, daß gerade ich auf sein geheimnisvolles Spiel einging, und hob meine Pfote. Er leckte seine Lippen.

»Du hast versprochen«, freute er sich. Anders als Erwachsene haben Kinder noch eine feine Antenne für die schöne alte Geste der Verschwörung und verlangen immer wieder nach ihr.

Wir waren gerade dabei, uns für den nächsten Tag zu verabreden, als ich die Frauenstimme vom Nachbarhaus hörte. Erst rief sie sehr laut ein paarmal: »Oliver!« Und dann fragte sie sehr ängstlich: »Was machst du da?«

Oliver legte seinen Kopf auf meinen. Seine Stirn war heiß. Da rief die Stimme wieder, nun sehr viel heller als zuvor: »Wo in aller Welt kommt denn die schöne Miezekatze her? Hast du denn keine Angst?«

Ich mag Menschen nicht, die, um Zeit zu sparen, zwei Fragen auf einmal stellen. Noch schlimmer finde ich Leute, die uns Miezekatze nennen. Für mich sind »Miezekatzen« aus weichem Plüsch, werden von zahnenden Babys abgelutscht und haben hellblaue Bänder um den Hals. Mit Glöckchen!

Die Frau war eilig auf uns zugelaufen. Sie war dünn, trotzdem aber nicht unsympathisch. Ihr Haar flatterte schön im Wind. Das Gesicht sah jedoch wie das einer Katze aus, die ihre Jungen beschützen muß und nicht weiß wie. Ich erkannte, daß die Fremde Olivers Mutter war, und bedachte sie deshalb mit dem wichtigen zweiten Blick. Mit einer Schnelligkeit, die mich selbst überraschte, verzieh ich ihr, daß ihre Hand nach Zwiebeln stank. Ich hatte allergrößte Mühe, höflich zu bleiben, und mußte mich zwingen, nicht nasenschonend zurückzuweichen, als sich die Hand meinem Kopf näherte.

»Lauf nicht weg«, bat mich die Frau, »ich bin ja froh, wenn unser Oliver eine Freundin findet. Er ist so allein.«

Mit Oliver war etwas Seltsames geschehen. Mir schien, er war kleiner geworden. Sein Körper wirkte plötzlich schwach und steif, die Streichelfinger waren rot und verkrampft. Er scharrte mit den Füßen und schniefte, als hätte er Schnupfen. Mit Schnupfen aber kenne ich mich aus. Der kommt nicht aus heiterem Himmel.

Viele kerngesunde Menschen behaupten sogar, sie hätten Schnupfen, wenn sie weinen.

Ich machte mich groß und den Rücken zur Kommandobrücke, um Mutter und Sohn zu einer Bewegung zu zwingen, doch sie rührten sich nicht, sagten nichts und hielten sich nur an der Hand. Die beiden Hände, die voneinander nicht loskamen, gefielen mir. Ich mag es, wenn sich Menschen mögen.

»Unterhalt dich nur mit unserem Oliver«, sagte die Frau leise, »er versteht jedes Wort, auch wenn er nicht mehr sprechen kann.«

»Was soll der Quatsch?« fragten meine Augen Oliver, doch er tat so, als würde er mich nicht mehr verstehen.

Er winkte mir zu, ehe er ins Haus ging, und ich lief, viel schneller als sonst, zu Julia. Sie hat natürlich weder die Ursache meiner Unruhe diagnostiziert noch überhaupt etwas kapiert, obgleich ich ihr alles genau und immer wieder erzählte. Zum Schluß fragte ich sie echt gereizt, ob Therapeuten sich nur für fremde Menschen interessieren, wenn sie Geld fürs Zuhören bekommen.

»Abwarten und Tee trinken«, lachte Julia total albern, »ich wette, du erzählst mir doch noch, was dich auf die Palme gebracht hat.«

Ich ließ sie ihren Tee trinken, und ich wartete ab. Lange hat das nicht gedauert. Schon beim ersten Mal, als Oliver und seine Mutter zusammen im Garten waren, wurde ich tätig. Ich zupfte Julia so energisch am Rock, daß sie mir nicht zu widersprechen wagte, und führte sie an die Gartenmauer. Zum Glück fällt sie auf die ältesten Tricks herein.

Julia war zunächst so verklemmt wie unsere Patienten bei der ersten Konsultation. Sie stand unter dem Baum, zupfte an dem Tuch um ihren Hals und muffelte: »Guten Morgen«, aber das kindische Getue ließ ich ihr nicht durchgehen. Ich zwickte sie ins Bein, und das hat geholfen. Sie mußte lachen und sagte, immer noch verlegen, jedoch leidlich phantasievoll: »Meine Katze legt offenbar Wert darauf, daß wir uns bekannt machen.«

Einen Moment hatte ich Angst, Oliver würde sich vor ihr fürchten und nicht zu mir kommen, aber er rannte auf mich zu wie immer und tat so, als würde er Julia überhaupt nicht sehen.

Sie hat offenbar ihren Augen nicht getraut, denn sie fragte blöde: »Nanu, hast du einen neuen Freund?« Ich mußte sie abermals stupsen, um sie an ihre Manieren zu erinnern. Endlich verriet sie Olivers Mutter ihren Namen, und die beiden reichten sich die Hand.

Ich hatte wieder einmal genau den richtigen Instinkt für ein Problem gehabt, das eine Katze nicht

den Menschen überlassen kann. Julia dachte nämlich keinen Augenblick mehr an die blöden Kirschen, die sie nicht mit Olivers Mutter essen wollte,
sondern trällerte wie ein besoffener Spatz und hielt
auch ihren Kopf schief, wenn Olivers Mutter redete. Das bedeutet bei ihr erhöhte Aufmerksamkeit.

Obwohl Frau Doktor ja nicht in ihrer Praxis und also
zu nichts verpflichtet war, nahm sie die Brille ab und
setzte die »Ich-verstehe-alles-und-weiß-alles«-Miene
auf, nach der Menschen total verrückt sind. Olivers
Mutter war da keine Ausnahme und redete so viel
und so schnell, als hätte ihre Zunge nur auf diesen
Moment gewartet. Die gute Frau hatte die Angewohnheit, jeden Satz mindestens zweimal zu wiederholen. Das war in diesem schwierigen Fall aber
optimal. Ich brauchte nur Kopf, Hirn und Ohren
freizumachen, und schon wußte ich wieder einmal
alles, ohne daß ich auch nur zu maunzen brauchte.
Es war eine traurige Geschichte.

Vor einem Jahr hatte mein kleiner Oliver einen
schweren Unfall und mußte ins Krankenhaus gebracht werden. Die Ärzte sagten, er habe sich das
Bein gebrochen. Sie haben nicht erkannt, daß noch
sehr viel mehr entzweigegangen war als ein Knochen. Schon im Krankenhaus hat Oliver mit niemandem mehr geredet.

»Er hatte selbst schuld, er ist in das Auto gelaufen«,
sagte seine Mutter immer wieder.

Ich fragte mich, wie es ausgerechnet eine Mutter

wagen konnte, so schamhaft zu lügen. Kinder »laufen nicht in Autos«. Autos fahren in Kinder. Ich wollte wenigstens Julia auf diesen beklagenswert gängigen Irrtum aufmerksam machen, aber wie üblich, war sie zu stur, eine andere Meinung zur Kenntnis zu nehmen.

»Spricht er seit dem Unfall gar nicht mehr?« fragte sie, obwohl sie das zumindest ja schon begriffen haben mußte.

»Kein Wort«, sagte Olivers Mutter.

»Vertrauensverlust«, murmelte Julia altklug und bückte sich zu Oliver hinunter. Wie nicht anders zu erwarten, erschreckte sie ihn mit ihrem Kuschelbusen, der für den Kleinen wie ein Berg ausgesehen haben muß, und fragte dann mit ihrer professionellen Honigstimme: »Oliver, wollen wir es nicht mal versuchen? Ich heiße Julia. Und sicher willst du wissen, wie das Kätzchen heißt. Das ist unsere Sissi.«

Das kleine Kätzchen hätte der großen Julia am liebsten die Augen ausgekratzt, aber ich hielt die Krallen zurück und mich an das ärztliche »Krähen-Zusammenhalt«-Spiel. Ich geigte Klein-Doofi erst meine Meinung, als wir allein waren.

»Ich habe der Ärmsten geraten«, erzählte mir die Neunmalkluge zwischen Dessert und Käse, »daß sie Oliver mit dir Freundschaft schließen lassen soll. Vielleicht redet er mit dir, wenn er allein ist und vergißt seinen Schock. Weißt du«, manschte sie weiter, »die Wissenschaft ist sich längst über die therapeutische Bedeutung des Tieres in der Kinderheilkunde im klaren.« An solchen Tagen frage ich mich, ob es richtig ist, Julia auch noch in dem Glauben zu bestärken, ich könnte nur essen, schlafen und schmusen.

Am Sonntag wurde der Mandelbaum märztoll und prahlte so verführerisch mit seinen aufgeplatzten Blüten, daß ich unmittelbar nach dem Brunch in den Garten ging, obgleich Julia nichts mehr zu putzen hatte und vorschlug, noch eine Schlummerrunde einzulegen. Oliver war noch nicht da, nur der Buntspecht und eine Haselmaus, die mich nicht interessierte. Ich bin ja bekanntlich kein großer Mäusefan.

Ich putzte Bauch, Kopf und Pfoten und fühlte mich so wohl, daß ich mir selbst eine Frühlingskantate vorschnurrte, begann aber dann doch wieder einmal über Julia und ihre Begriffsstutzigkeit zu grübeln. Dabei wurde ich müder als sonst um die Zeit. Ich döste ein. Als ich meine Augen öffnete, sah ich Olivers Beine auf mich zufliegen.

»Sissi«, schrie er laut, »gib acht! Der große Hund.«

Ich erinnerte mich sofort, doch ich war noch nicht alarmiert und nahm mir sogar die Zeit, eine der beiden Krallen zu kürzen, die mich schon lange störten. Ich hatte den Hund gesehen, ehe ich eingenickt war, und auch erkannt, daß es sich um einen Dobermann handelte, doch da war der Bursche so weit von mir entfernt gewesen, daß nur ein geübtes Auge ihn von einem Dackel unterscheiden konnte.

Nun stand der grobe Kerl, das Maul aufgerissen wie

ein Wolf und so zahngierig wie ein ganshungriger Fuchs, vor mir. Sein Atem kochte. Er drückte seine langen Beine gegen die Mauer; während er hechelte, jaulte und bellte, scharrte er mit seinen unverschämt langen Vorderbeinen. Mir wurde übel.

»Sissi, lauf weg, spring auf den Baum!« rief Oliver. Seine Stimme war donnerlaut und so angstschwer, daß ich die Zeit, die ich brauchte, mit Staunen vergeudete.

»Sissi«, weinte Oliver, »der Hund.«

Wut und Ekel brachten mich zur Besinnung. Ich spannte meinen Rücken, schob die ganze Kraft meines Körpers in meine rechte Vorderpfote, holte aus der trügerisch weichen Hülle die noch ungekürzte Kralle heraus und schlug mit einer solchen Gewalt zu, daß ich fast von der Mauer rutschte. Zwei Mal kratzte ich fauchend nach.

Die Hiebe trafen. Der Köter holte seine schauerliche Zunge zurück, klappte Zähne und Schnauze zu, heulte fürchterlich, fiel in sich zusammen und begann, die Wunden auf seiner langen Nase zu lecken. Ich nutzte den Moment und hetzte auf den Baum. Zunächst hatte ich nur Augen für meinen Angreifer. Klapperdürr und nervös stand er mit Hängeschwanz, blutroten Augen und Winselkehle da. Ich kenne diese feigen Typen. Sie scheuen den Kampf unter Gleichen und sind so erzdämlich, daß sie glauben, sie hätten deshalb eine reelle Chance, es mit einer Katze aufzunehmen, weil sie aus dem Hinterhalt angreifen. Meister Dobermann war außerdem ein mieser Snob.

Seine Bindehautentzündung sprach Bände. Hunde von Kabrio-Kriegern haben immer rotentzündete Augen. Diese Protzer bestehen darauf, ihre Blödköpfe in den Fahrtwind zu hängen.

Der von einer kleinen, grazilen, sanften Katze besiegte Snob ließ sich von einem jungen zornigen Helden in einer schwarzen Lederjacke das Blut von der Schnauze wischen. Ich zischte kurz von oben und sah mich um. Die Schaulustigen waren schon da. Inmitten der Gaffer stand meine Julia mit erhobenen Armen. Ihr Gesicht war noch röter als Klein-Dobbies Augen; sie selbst sah aus, als wäre sie ein Luftballon, der an einer Nadel hängen geblieben ist. Total eingefallen und kläglich.

»Sissi«, jammerte sie, »Sissilein ist dir was passiert?« Ich maunzte aus der Baumkrone und beruhigte sie.

»Ihre verdammte Katze hat meinen Hund verletzt«, schrie der junge Mann, »der blutet ja.«

»Was, wie, wo?« fragte Julia einfältig.

»Der böse Hund hat angefangen. Ich hab's genau gesehen«, schrie Oliver.

Da war vielleicht was los! Julia klappte ein paarmal den Mund auf und wieder zu. Olivers Mutter wurde so weiß wie ihre Küchenschürze und riß den Jungen an sich, als wäre der Hund auf ihn losgegangen und nicht auf mich. Ein Mann kam mit einem Messer in der Hand aus Olivers Haus gestürzt.

»Oliver«, brüllte er, »ist dir was passiert?«

»Nein«, sagte Oliver, »und meiner Sissi auch nicht. Ich hab sie gerettet.«

Der Mann schwenkte das Messer; ich dachte, er wolle Oliver auf der Stelle schlachten, und schrie aus dem Baum, doch der Mann warf das Messer ins Gras, hob den Jungen hoch, preßte ihn an sich und sagte: »Du bist schon einer, mein Sohn. Du hast heute deinem Papi eine ganz ganz große Freude gemacht.«

Der Dobermann trottete hinkend davon. Ein Schmierenschauspieler war er also auch. An seinen Beinen hatte ich ihn überhaupt nicht berührt. Sein Herrchen hing an der Kette und schrie: »Sie und Ihr verdammtes Katzenvieh werden noch von mir hören.«

Ihm hat kein Mensch zugehört. Alle außer mir waren zu beschäftigt mit Staunen und wunderten sich, daß mein kleiner Oliver sprechen konnte. Ich kletterte vom Baum und lief zwischen seine Beine. Er hielt seinen Mund ganz dicht an mein Ohr und fragte mich, rührend ängstlich, ob ich nun nicht mehr mit ihm spielen würde.

»Weißt du«, schluckte er, »wenn ich wieder gesund bin, denkst du vielleicht, ich brauche keine Freunde.«

Ich hob die siegreiche Verschwörerpfote superhoch und sagte ihm, er solle nicht so blöde herumquatschen. Wir verabredeten uns für den nächsten Tag.

»Es ist ein Jammer, Prinzessin«, sagte Julia, als wir endlich allein waren und sie ziemlich lange und fade am Telefon über den motivierenden Beschützerinstinkt und die Umwege des Schicksals referiert hatte, »daß du nicht begreifen kannst, was du heute geleistet hast. Du hast einen Orden verdient.«

Ich war froh, daß sie dann doch noch eine brauchbare Idee hatte, sogar eine exzellente. Schon das Verwöhnprogramm mit Bürsten, Streicheln, Kuscheln und einem Liebesgeständnis, das selbst eine Katze wie ich nicht alle Tage erwarten kann, fiel aus dem Rahmen. Das Dinner war Erlebnis-Gastronomie Marke VIC (Very Important Cat). Die Speisenfolge ging von öltriefender Sardine und zarter Hühnchenbrust bis Kaviar (falsch, aber sehr schmackhaft).

Noch in der Nacht hatte ich den delikaten Geschmack zwischen Mund und Zähnen und ein so großes Bedürfnis nach Zärtlichkeit, daß ich das Julia-Gesicht von Stirn bis Kinn abschleckte. Meine Liebste wachte auf und sagte: »Was? Nach so einem Fürstenmahl kannst du dich noch rühren?«

Sie kraulte mich im Nacken. Ich genoß die Zärtlichkeit, dachte an die Sardinen und – ganz plötzlich und sehr intensiv – an den märztollen Mandelbaum und weiße Socken. Da wußte ich Bescheid. Ich hatt' ein Herz aus Paprika. Arme Julischka!

6.

*I*mmer wieder beschäftigt mich die Frage, weshalb die Menschen so wenig Gefühl für echte Kunst haben. Entweder schwärmen sie für Schmalzschlager und Operetten, oder sie lassen Opernkrawall, Rock und ähnlichen Unsinn lärmen. Gute klassische Katzenmusik findet meist wenig Beifall. Julia ist leider keine Ausnahme. Für mich spricht es Bände, daß sie so oft die langweiligen Lieder aus »Cats« hören will. Ich hätte mich also nicht zu wundern brauchen, daß sie den denkbar schlechtesten Zeitpunkt wählte, um mir wieder einmal ihre Unmusikalität zu beweisen.

Am vierten Morgen nach meiner Wunderheilung, die mir von Olivers Mutter einen Hering von durchschnittlicher Qualität und wirklich phantasievolle Komplimente einbrachte, stand Julia sehr viel zeitiger auf als sonst. Sie hielt sich beleidigt die Ohren zu und brummte: »Bei dem Lärm kann ja kein Mensch schlafen.«

Ich fauchte gekränkt zurück. Außer Katzen war nichts zu hören. Nörgelliese stand mit wirrem Haar und ebensolchem Blick am Fenster, starrte in den Garten, freute sich keinen Deut an Kirschbaum,

Specht und Tulpen, runzelte die Stirn und schüttelte den Kopf. Bei ihr bedeutet diese mimische Schau Denkstufe eins; mir gibt übertriebenes Julia-Getue immer beste Gelegenheit, ungestört die Küche nach Leckerbissen zu inspizieren, die sie nicht weggeräumt hat – meistens, wenn Besuch da war und zuviel Alkohol getrunken wurde.

Im Morgengrauen aber sind mir solche Exkursionen eher lästig. Ich fange den Tag lieber mit einem leichten Sahnehappen und einem Häppchen Buttertoast an. Allerdings sagte ich mir, daß sich das Leben nur durch kluges Vorratsdenken weiterentwickeln kann, und ging dennoch munter ans Werk. Kaum hatte ich meinen frühlingsfrohen Körper jedoch durch die halb geschlossene Tür gepreßt, erreichte mich die eklig laute Muffelstimme meiner Herzallerliebsten.

»Was zum Donnerwetter machen die vielen fremden Katzen in unserem Garten?« wollte sie wissen.

Um es ausnahmsweise in Julias Staunsprache auszudrücken: Ich war total geplättet. Zwar hatte ich schon oft genug erlebt, daß ein abgeschlossenes Medizinstudium keine Gewähr für ein gutes Allgemeinwissen ist – Frau Doktor beispielsweise hat keinen blassen Schimmer von Dingen, die jede Katze ab dem sechsten Lebensmonat weiß. Trotzdem wäre ich nie auf die Idee gekommen, daß Julia eine Katze nicht von einem Kater unterscheiden konnte.

Am liebsten hätte ich sie gefragt, ob sie auch noch

an den Klapperstorch glaubte, doch in meinem
Zustand war ich absolut nicht zu solchen Scherzen
aufgelegt. Ich machte mir sogar die allergrößten
Sorgen, wie ich ihr das beibringen sollte, was sie begreifen mußte, ohne ihr naives Gemüt zu sehr zu
derangieren. Glücklicherweise hat das Stefan für
mich besorgt. Noch am selben Abend hat er unser
Juliakind aufgeklärt, wenn auch für mein Empfinden nicht detailliert genug.

Es war ein Mittwoch, also nachmittags keine Praxis
und seit neuestem Skatabend. Diese wirklich ver-
gnügliche Einrichtung hatte sich eingebürgert, seitdem Stefan eines Tages unsere Wasserhähne repa-
riert hatte und »zufällig« zum Abendessen geblieben war. Wir drei hatten uns eine Weile über so
alltägliche Dinge wie das menschliche Kommunika-
tionsbedürfnis und die neuzeitliche Flucht in die
jede Geselligkeit mordenden Medienwelten unter-
halten. Ich hatte meine Meinung nur kurz umrissen
und vorgehabt, mich nach dem Karamellpudding
zurückzuziehen. Da sagte Stefan: »Ich hab endlich
einen dritten Mann gefunden. Mein Bruder ist aus
Venezuela zurückgekommen.«

Da wir ohnehin ein eingespieltes Trio waren, konnte
ich den Satz zunächst nicht deuten, doch der soge-
nannte »dritte Mann« entpuppte sich als Volltreffer.
Er hieß Georg, hatte große Hände, war Stefans
Zwillingsbruder und hat anfangs Julia fast um ihren
Restverstand gebracht. Mich nicht.

Natürlich sah Georg genau wie Stefan aus, sprach

wie er und hatte die gleichen Bewegungen, aber er roch komplett anders – ein bißchen nach Knoblauch und sehr nach einem Rasierwasser der unteren Preisklasse. Ich gewöhnte mich rasch an beides, meine Kumpel selbstverständlich sehr viel langsamer an die Tatsache, daß intelligente Katzen oft kartennärrisch sind.

Zunächst hatte es mir nur das gemütliche, grüne Filztuch angetan, das beim Skat auf den runden Wohnzimmertisch gelegt wurde. Es war enorm entspannend, beim Spiel auf dem vierten Stuhl zu sitzen und die beiden Vorderpfoten auf die dunkle Kuscheldecke zu legen. Wenn die Karten gemischt oder auf die Spielfläche gedroschen wurden und die Stimmen explodierten, setzte ich mich auf den Tisch. Ich wollte die Aufregung des kindischen Trios von höchster Warte aus genießen.

Euphorisch stimmte mich die artgerechte Nahrung für Skatspieler. Die exquisit belegten Brötchen auf kleinen Holzbrettern wurden oft in der Hitze des Spiels vergessen, und ich konnte mich ungestört bedienen.

Sehr schnell habe ich jedoch begriffen, daß der Skatabend für mich nicht nur Spiel sein durfte. Ohne meine Hilfe hätte sich Julia nämlich mächtig blamiert. Sie war bei aller Begeisterung kein Kartentyp. Entweder ließ sie sich beim Reizen zu leicht bluffen oder sinnlos hochtreiben. Auch zählte sie beim Spiel nicht richtig mit, wußte nie genau, welche Karten schon gefallen waren und spielte viel zu früh ihre Trümpfe aus. Wie sich bald herausstellte, hatte sich Julchen mit ihrem Vorschlag, um Geld zu spielen, gründlich überschätzt.

Besser als mit ihrer Bemerkung: »Ich bring mich noch um Haus und Hof«, hätte sie unsere Situation nicht umreißen können. Wenn ich nicht nur von Heringsschwänzen und mein kleiner Raffzahn von trockenem Brot leben wollte, mußte ich eingreifen. Die Regeln hatte ich schnell begriffen.

»Wie machst du das nur?« fragte mich Julia nach einem Abend, der für sie außergewöhnlich gut gelaufen war. »Du wirst mir doch nicht weismachen, daß du besser Skat spielst als alle anderen?«

Ich streichelte sie tröstend. Von einer so ehrlichen Haut wie Julia darf keiner erwarten, daß sie hinter gängige Katzentricks kommt. Sie war ohnehin nicht die Frau, die Zusammenhänge schnell durchschaut. Ich brauchte nur auf den Tisch zu klettern, mich mit abwesendem Blick zu räkeln, und schon sah ich die Karten aller drei Mitspieler.

An jenem Mittwoch, als Stefan ihr zoologischen Nachhilfeunterricht erteilte, spielte Julia gerade einen Grand. Sie hielt ihn für todsicher, doch sie hatte nur die beiden mittleren Buben. Ihr fehlte auch das Herzas. Ich gab ihr einen leichten Pfotenschlag und sorgte dafür, daß die beiden anderen Buben (Stefan und Georg hatten je einen) schon beim ersten Stich fielen. Auf die gleiche Art konnte ich verhindern, daß Julia die Herz-Zehn ausspielte, ehe das As gefallen war.

Sie freute sich wie eine Fünfjährige beim »Mensch-ärgere-dich-nicht«, die nicht gemerkt hat, daß man sie hat gewinnen lassen.

»Omaspiel«, sagte Georg anzüglich.

Julia lachte so herzhaft, als hätte er einen Witz gemacht. Mich rührte ihre spontane Art, sich zu freuen, in diesem Moment noch sehr viel mehr als sonst. Laut Jubel schreiend, sprang ich vom Stuhl, rieb meinen Rücken gründlich auf dem Teppich ab, leckte die feinen Haare auf meinem Bauch und machte einen Satz auf Julias Schoß.

»Macht sie das oft?« fragte Stefan.

»Ja. Sie hat offenbar im Frühjahr ein gesteigertes Sauberkeitsbedürfnis.«

»Ich wollte eigentlich wissen, ob sie oft so schreit?«

»Und wie. Seit Tagen schon«, erwiderte Julia, »ich weiß auch nicht warum. Ich warte nur darauf, daß die Nachbarn auf die Barrikaden gehen oder mich beim Tierschutzverein anzeigen und behaupten, ich würde meine Katze schlagen.«

»Prinzessin ist rollig«, lachte Stefan.

»Was soll das heißen?«

Der gute, liebe Stefan wurde doch wahrhaftig rot und machte – wirklich altmodisch komisch! – den obersten Hemdknopf auf. Ich hypnotisierte ihn mit meinem Blick, doch er mißverstand meine Bitte. Statt zu schweigen, fing er an zu stammeln.

»Wenn Sie nicht gut aufpassen, Julia«, sagte er, »werden Sie wirklich Oma. Und gleich mehrfache.«

»Wieso?«

»Ich seh's Sissi an, daß sie schon Ausschau nach dem passenden Kater hält.«

Ich glaube, meine goldige Spätentwicklerin hat uns alle in Verlegenheit gebracht, als sie, ganz im Ton einer Teenagermama, erwiderte: »Dazu ist sie doch noch viel zu jung. Die interessiert sich überhaupt nicht für andere Katzen.«

»Kater«, lachte Stefan und fing an, die Karten neu zu mischen.

Ich war allerdings viel zu unruhig, um mich voll auf das Spiel zu konzentrieren. Bald beschäftigte ich mich nur noch mit dem für mich sehr schmeichelhaften Konzert aus dem Garten und wurde so abgelenkt, daß ich auf einige Laute sehr deutlich Antwort gab. Julia verlor erst einen Null, den ich unter gewöhnlichen Umständen bestimmt hätte retten können, und verschluckte sich, als sie ihre Dusseligkeit begriff, fürchterlich an einem Käsebrötchen. Mich irritierte Stefans nachdenklicher Blick.

»Ich würde die Katze, sofort nach ihrer Rolligkeit sterilisieren lassen«, mischte sich Georg ein.

Ausgerechnet der! Ich war mordswütend. Der Stinkstiefel hatte noch weniger Manieren als ein räudiger Hund. Es war allein schon ein starkes Menschenstück, daß ein Gast im Haus sich nicht die Mühe machte, mich beim Namen zu nennen. Daß dieser Grobian, der mich kaum kannte, sich jedoch auch noch erdreistete, über meinen Körper zu bestimmen, fand ich erzfies und einen schlagenden Beweis, daß ein Zwilling nicht dem anderen gleicht.

Stefan wäre nie auf so eine makabre Idee gekommen.

Tatsächlich ergriff er auch sofort meine Partei und sagte: »Eine sterilisierte Katze ist nie mehr ganz die alte, nicht wahr Prinzessin? Dich drängt es zur Liebe.«

Ich habe mich am Schluß des Abends nur von meinem immer verständnisvollen Beschützer verabschiedet und Georgs »So-hab-ich's-doch-nicht-gemeint«-Hand sehr auffällig übersehen. Dabei hätte ich ihm eigentlich dankbar sein müssen. Wer weiß, ob ich ohne seinen Ausrutscher so schnell und instinktsicher reagiert hätte. Es war Georg der Unritterliche, der mir klarmachte, daß das Leben die Zaudernden bestraft. Vor allem in der Liebe.

Schon weil Julia zu Kurzschlußhandlungen neigt und ihr zur Lösung ungewohnter Probleme immer nur verrammelte Türen und Fenster einfallen, spürte ich, daß ich nicht mehr länger warten durfte. Sie hat mir allerdings auch die Entscheidung leichtgemacht, in der langen Nacht, die vor mir lag, nur an meine eigene Selbstverwirklichung zu denken. Obwohl wir uns geeinigt hatten, daß im Schlafzimmer nicht geraucht werden durfte, lag wieder einmal ein Päckchen Zigaretten auf dem Nachttisch. Ich war wütend.

Nur aus taktischen Überlegungen schnurrte ich Julia in den Schlaf. Als ihre Atemzüge tief und regelmäßig waren, kletterte ich an der Gardine hoch, schlüpfte durch einen winzigen Spalt des

Fensters und sprang berauscht in die Tiefe. Der freundlich leise Wind fachte die Glut in meinem heißen Körper zum großen Brand an. Es war eine klare dunkle Nacht. Das Gras war weich und jung. Süß wie frischgebackene Mürbeplätzchen dufteten die Hyazinthen. Die Tulpen hatten ihre Köpfe fest geschlossen. Schwarz und schützend lockte meine Tanne.

Mit hocherhobenem Kopf und stolzem Schwanz lief ich durch den Garten. Mein Herz schlug schnell. Ich war erregt wie nie zuvor und doch so wachsam, daß sich keine Maus zu mucksen wagte. Den ersten Kater sah ich schon von weitem. Er war ein kriegsgerupfter Bursche mit einem halben Ohr und lauerte in einem Forsythienbusch. Ich blieb stehen und hob eine Pfote. Er schöpfte unverschämt schnell Hoffnung, streckte sich und machte Anstalten, sich mir zu nähern; sofort fauchte ich ihm die ganze Ablehnung entgegen, die ich für glücklose Krieger empfinde.

Mich verwirrte aber, wie imponierend kehlkräftig er heulen konnte; ohne, daß ich es wollte, wurde mein Abwehrbuckel kleiner. Die Last der Lust bedrängte meine Pfoten. Ich machte zwei vorsichtige Schritte in Richtung Rupfohr. Da merkte ich, daß er nicht allein war. Am Maulwurfshügel in der Nähe vom Rosenbeet standen noch vier Kater. Sie waren sehr unterschiedlich in Statur und Haltung, alle aber ansehnliche Tollkerle in voller Märzenskraft.

Wie wunderbar schrill boten sie sich mir an. Sie

schmeichelten mir im Chor und versuchten, jeder auf seine Art, mich zu einer raschen Entscheidung zu drängen. Die schönen traditionellen Melodien des raffinierten Hochzeitsmarsches bezauberten meine Ohren, doch klassische Musik allein reicht nicht, um Siamesenstolz zu brechen. Wer unseren Widerstand nicht überwindet, der hat verloren. Cool musterte ich das wilde Quartett. Als erster sprang ein königlicher Perser mit Löwenmähne auf mich zu. Ich zeigte ihm zwei meiner Zähne und rannte davon. Nur noch meine eigene schöne Stimme habe ich in diesem Moment gehört. Sie hatte genau die richtige Tonlage, um heiß zu locken und kalt abzublocken.

Siegessicher setzte ich mich unter die Tanne und begann, mich kateraufreizend zu putzen. Als ich meine Augen öffnete, war es aber um meine Gelassenheit geschehen. Endlich sah ich ihn wieder, meinen so lange gesuchten, nie vergessenen, begehrten Weißpfoten-Mann. Der Edle war seit dem Winter noch dicker geworden, der Querkopf noch imponierender. Auch der weiße Fleck auf der Brust dünkte mich größer. Entschlossen leuchteten die hellen Augen.

Die Wirklichkeit beglückte mich noch mehr als der lange Traum. Mein Macho war nicht wie die anderen. Er war ein ganz besonderer Schatz. Er hatte den Charme des Rüpels und die Ruhe der Weisen. Ihn nur wollte ich, seine Grazie und seine Kraft, doch durfte ich mich diesem Kater aller Kater nicht anbieten. Sieger müssen bezwingen – oder wenigstens glauben, daß sie es getan haben.

In der dunkelsten Stunde der Nacht übermittelte ich meinem schwarzen Ritter die duftende Botschaft der Bereitschaft, der kein Jüngling widerstehen kann. Immer wieder erflehte ich seine Zuneigung. Die geliebte Großschnauze hetzte mit den gewaltigen Sprüngen des ewigen Katernovas auf mich zu. Schon leuchtete die Gier des Eroberers in seinen Augen, schon kreischte die Heldenkehle Sieg und Unterwerfung.

Ich aber mußte Zeit gewinnen und ihn glauben lassen, daß alles nur ein Spiel gewesen war. Liebe ist keine Hexerei. Da zählt jede Katze wenigstens bis drei, ehe sie Schwäche vorschützt und sich ergibt. Ich wußte es noch besser und zählte: »Achtzehn, Zwanzig, Zweiundzwanzig, Dreiundzwanzig«, vor mich hin. Kraftvoll fauchte ich: »Passe«, und raste weg. Wie süß der Gewaltige dastand und ratlos den Kopf senkte. Er war nun ganz Tölpel, der sich um seine Beute betrogen sah, weil er nur seine Manneskraft im Sinn gehabt hatte.

Wieder lockte ich ihn zu mir. Er kam schneller als beim ersten Mal, ich floh ebenso flink zurück zur Tanne. In immer kürzeren Abständen wiederholten wir Sinnlichkeit und Versuchung, Werbung und Zurückweisung. Es war der alte Fruchtbarkeitstanz. Macho war überzeugt, er hätte ihn erfunden. Ich wußte es besser.

Die gaffenden Kater, die um mich gebuhlt und verloren hatten, zogen sich stumm zurück. Das schöne Schwarz der Nacht wurde mahnend grau. Die frühen Spatzen fingen ihre Würmer. Ich ergab mich und ließ mich ins Gras fallen, als hätte ein Pfeil meinen Körper getroffen. So war es auch. Als er mich eroberte, spürte ich seine Kraft warm und weich, ehe unsere Stimmen zum Orkan wurden. Danach schrie er vom Sieg und ich vom großen Schmerz.

Erschöpft und frierend trennte ich mich von dem, der meine Seligkeit gewesen, und zog mich zurück. Großmaul kannte nur sein Katerlatein. Er bildete sich ein, er hätte noch das Sagen, und versuchte, mir Gewalt anzutun. Ich fauchte mich groß, schlug nach ihm und empfand den Genuß des Schlagens so gewaltig wie zuvor das Verlangen, das mich zu ihm getrieben hatte. Er lief weg. Ohne daß er es bemerkte, sah ich ihm nach. Ein strahlender Macho war der nicht mehr, nur ein zu dicker schwarzer Kater, der sich – etwas lendenlahm schien mir – ins Gebüsch verkroch.

Befriedigt pflegte ich meinen Körper. »Sinnierst du mal wieder über die Geheimnisse des Lebens?« hätte Julia mich in diesem Moment bestimmt gefragt. Genau das tat ich.

Das also war die Liebe, von der die Menschen soviel redeten, seufzten und sangen. Auf die Dauer war mir ein anständiges Stück Lachs lieber und die Liebe nur ein paar Hiebe wert. Im Morgengrauen besehen, hatte mich der ganze Aufwand nur kalt, durstig und hungrig gemacht; mich verlangte so

sehr nach der vertrauten Gemütlichkeit meines
Heims und nach der Wärme von Julias Haut, daß
ich klagend Laut gab.

Ich meinte, ihre Stimme angstvoll nach mir rufen
zu hören, doch sie verstummte, ehe ich Antwort
geben konnte. Als aber der Duft von geräucherter
Forelle überraschend meine Nase erfreute und das
köstliche Aroma sehr schnell stärker und immer
verlockender wurde, konnte mich nichts mehr im
feuchten Garten halten.

Nur noch flüchtig sah ich mich um, ängstigte mehr
aus Gewohnheit als passioniert eine freche Schwal-
be und hetzte dann durch den Garten, als sei eine
Horde trampelnder Kater hinter mir her und ich
müßte mich vor jedem einzelnen in Sicherheit bringen. In froher Erwartung erreichte ich das Haus
und kletterte so schnell wie noch nie zurück.

Welch ein Irrtum, welch böses Erwachen aus der
Welt trügerischer Nasenträume. Die geräucherte
Forelle war ein grausig-grauer Rauch. Ich roch ihn,
noch ehe ich ihn sah. Er war am dichtesten auf der
rosa Seidendecke, umzingelte das Regal über dem
Bett und stieg hoch zur Decke. Schrank, Nachttisch
und mein geliebter beigefarbener Ledersessel waren bereits in den gräßlichen Stinkwolken ver-
schwunden.

Es dauerte, ehe ich Julia überhaupt sah. Sie schlief,
schwer atmend, bewegte kurz ihren linken Arm und
stieß ein Kissen aus dem Bett. Ich war schreckens-
starr und wollte durch den Fensterspalt fliehen,

doch meine Pfoten waren steif und schwer. Keine einzige konnte ich bewegen. In meiner Kehle brannte es, und doch habe ich geschrien – laut und durchdringend.

Mit diesem Schrei aus Angst und Wut kam neues Leben in meine Glieder. Endlich, endlich setzte mein Körper zum Sprung an. Mit allen vier Pfoten landete ich auf Julias Kopf und zerkratzte mit jeder einzelnen Kralle ihr Gesicht. Sie wachte auf und stöhnte leise. Ich schrie weiter, schluckte Rauch und spuckte Feuer.

»Feuer«, schrie Julia, »oh, mein Gott! Was soll ich machen? Lauf, Sissi, lauf.«

Sie sprang aus dem Bett. Ihre Füße donnerten auf dem Boden. Die Hände waren so schnell wie der Blitz. Sie rissen eine dicke Wolldecke aus dem Schrank, und in ihrer Panik schlug Julia so kräftig auf das schwelende Bett ein, daß ich überhaupt nichts mehr sah und kaum noch atmen konnte.

»Mach das Fenster auf, du blöde Kuh«, kreischte ich.

Natürlich hat die Ärmste wieder mal nichts kapiert. Im Gegenteil. Sie sperrte sogar das bißchen Luft aus, das uns geblieben war, und verrammelte das Fenster. Schreiend rannte sie in die Küche und schleppte einen Eimer an.

Sie schüttete das Wasser auf unser schönes Bett, auf Tisch und Stuhl und holte neues, sobald der Eimer leer war, schleuderte es gegen den Schrank und auf den Teppich, goß es gegen die Gardinen und sich selbst über die Füße. Ich merkte lange vor ihr, daß das Feuer erstickt war, doch Wasserfrau war nicht mehr bei Sinnen.

»Zur Sicherheit«, hechelte sie und ertränkte jedes Möbelstück aufs neue.

Sie hat geweint und geschrien, mit den Füßen gestampft und sich die Haare gerauft und in ihrem klitschnassen Nachthemd wie Rumpelstilzchen beim letzten Gefecht ausgesehen.

»Laß es gut sein, Julia«, keuchte ich.

Da hat dieser nikotinsüchtige Satansbraten doch tatsächlich den ganzen Inhalt eines vollen Eimers über mich geschüttet. Ich war krötennaß, lief jaulend in die Küche und kroch verängstigt, gedemütigt und fluchend unter die Heizung.

So verwirrt, wie ich war, und so außer mir in meiner Empörung, versuchte ich noch nicht einmal, mich trocken zu schütteln.

Elend hockte ich unter der Heizung in der bestialisch stinkenden Küche, sah aus wie ein nasser Lappen und wollte nur noch sterben. Meine Augen waren schon geschlossen, der Körper steif, doch meine Ohren funktionierten noch.

»Sissi«, rief Julia, »wo bist du bloß?«

Wenn ein über alles geliebter Mensch es fertigbringt, in einer solchen Situation eine so dämliche Frage zu stellen, muß sich eine kluge Katze für eine von zwei Möglichkeiten entscheiden – Trennung auf Lebenszeit oder großes Verzeihen.

Wie konnte ich anders, als sie weiter lieben? Mit

meiner schönsten Schafsstimme schrie ich das Wort, das für mein rührendes Dummerchen »Mama« heißt.

Die Ärmste jammerte noch einmal: »Wo bist du?« und rannte, immer noch mit dem verdammten Eimer in der Hand, durch die Wohnung. Endlich fand sie mich armes Tropftier unter der Heizung, hob mich auf, riß mich an sich und drückte mich an ihren feuchten Zitterbusen. Und dann fiel ihr nichts mehr ein, als mich frech zu fragen: »Wie bist denn du so naß geworden?«

Das war selbst mir zuviel. Ich biß Julia in den Daumen. Und nicht gerade zart. Es hat nicht viel geholfen. Sie heulte erst recht wieder los, stolperte über meinen Napf, danach über ihre eigenen Füße, rannte mit mir ins Badezimmer und schleppte das große Badetuch an. Schluchzend trug sie mich ins Wohnzimmer.

Erschöpft fielen wir beide in meinen Lieblingssessel. Ich hatte Angst, daß die reuige Sünderin mich erdrücken würde, aber ich ließ sie gewähren. Es ist sinnlos, mit Menschen zu diskutieren, die gleichzeitig den Verstand und ihr Selbstvertrauen verloren haben. Julia war durch und durch kummerkrank. Mit den Händen rieb sie mich zärtlich trocken, und mit ihren Tränen machte sie mich wieder naß.

»Weißt du überhaupt«, weinte sie, »was du getan hast? Du hast mir das Leben gerettet.«

Ich schnurrte laut und deutlich genug, daß selbst sie

mich hätte verstehen müssen, aber sie fragte immer wieder: »Weißt du, daß ich ohne dich tot wäre?«
Wie ich da in ihrem Schoß saß, fast schon wieder trocken, wußte ich nur eins. Der Moment war gekommen, diesem unbelehrbaren Dickkopf schonungslos beizubringen, wie Brände im Schlafzimmer entstehen. Ich zwang Julia, obwohl ich wußte, daß es ihr peinlich war, mir in die Augen zu sehen.
»Es ist alles meine Schuld«, schluchzte sie, »ich hab im Bett geraucht.«
Ich tat so, als wäre ich auf so eine Idee niemals von selbst gekommen. Der Einfall war Gold wert. Julia beichtete, als hätte es sie die ganze Zeit danach gedrängt.
»Ich bin um vier Uhr früh aufgewacht, und du warst nicht da. Da bekam ich einen solchen Schreck, daß ich mir eine Zigarette angezündet habe. Wo warst du überhaupt?«
Zu ihrem Glück ging selbst meiner katzentauben Büßerin auf, daß sie von uns beiden die geringste Berechtigung hatte, Fragen zu stellen. »Ich schäme mich so schrecklich. Wie kann ein einzelner Mensch nur so blöd sein? Miau! Mio!« babbelte sie weiter, »Miau! Mio! Laß stehen! Sonst brennst du licherloh!«
Bei Schuldgefühlen neigt Julia sonst nicht zu Geschmacklosigkeiten. Ich erkannte, daß sie verhaltensgestört war und ich nicht imstande, sie allein zu therapieren. »Hol Stefan«, schlug ich ihr vor. Sie tat, als hätte sie kein Wort kapiert, blieb sitzen, so naß

und vergrämt, wie sie war, und starrte blöde vor sich hin. Es dauerte elend lange, ihr klarzumachen, daß sie ihre Vergangenheit nicht auf der Stelle zu bewältigen brauchte und sie sich lieber abtrocknen und uns beiden Frühstück machen sollte.

»Du hast es verdient, Prinzessin«, sagte Julia, als ich meine Zunge in Sahne badete und später rohes Ei mit fein geschnittenem Schinken zu mir nahm, »aber um deinen Appetit beneide ich dich doch. Ich glaube, ich werde nie wieder einen Bissen hinunterkriegen.«

Das war ein typischer Julia-Irrtum. Am Abend, als sie mit Stefan das Schlafzimmer wenigstens so weit aufgeräumt hatte, daß ich mir keine Sorgen mehr um meinen Kuschelplatz machen mußte, war das süße Fresserchen fast wieder die Alte. Es gab Speck-Scholle in ordentlich fetter Soße.

»Extra für meine kleine Lebensretterin gemacht«, erklärte Madame Brandstifterin.

»Das kommt ihr auch zu«, bestätigte Stefan. Er nahm mich auf den Schoß und kraulte mich unter dem Kopf. »Laß unsere Julia nie mehr nachts allein, Prinzessin«, bat er, als wir einen Moment allein waren. »Wetten, ich weiß, wo du gewesen bist.«

Selbstverständlich hat er Julia nichts verraten. Das ist das Schöne an Stefan. Er ist zur Stelle, wenn man ihn braucht, und sagt nie ein Wort zuviel.

7.

*F*rau Doktor, Sie wollen mir doch nicht weismachen, daß eine so kultivierte Frau wie Sie ihren Wein im Supermarkt kauft«, trompetete unser letzter Patient des Tages.

Er hieß Udo Weller, war ebenso fett wie seine Stimme und ein anatomisches Wunder. Beim Reden brauchte er nur ganz selten Atem zu holen. »Ich sehe es doch Ihrer wunderschönen Katze an«, zwinkerte der zu gut im Futter stehende Kerl meiner Julia zu, »daß Sie auf Rasse setzen. Das findet man nur noch selten. Das macht mir Mut, Ihnen eine kleine Weinprobe vorzuschlagen. Ganz privat. Hier bei Ihnen. Nur Sie, das süße Kätzchen und ich.«

Das süße Kätzchen war schon seit einer Stunde krallenwild sauer. Im Falle des Herrn Udo Weller war es bei mir nicht nur Antipathie auf den ersten Blick, sondern meine frühkindlich entwickelte Allergie gegen katzenfreundliche Schmeicheleien. Im Gegensatz zu Julia verwechsle ich sie nämlich nicht mit Komplimenten, die von Herzen kommen. Mir tat meine Liebste leid. Nicht nur, weil sie eine erbärmliche Psychologin war.

Durch eine sich abnorm schnell ausbreitende Seuche von Minderwertigkeitskomplexen und Frühjahrsdepressionen war es für uns beide ein besonders anstrengender Vormittag in der Praxis gewesen, aber Julia ist ja längst nicht so belastbar wie ich und hatte wieder einmal fremdes Leid zu nahe an sich herangelassen. Sie sah erschöpft aus und hatte gewiß Besseres verdient als einen Patienten, der sich erdreistete, schon bei der ersten Konsultation seine Therapeutin zu therapieren. Trotzdem umgarnte Julia das Babbelwunder mit ihrem verkitschten »Mir-können-Sie-alles-sagen«-Blick und ließ ihn ungebremst Phrasen ausspucken.

Udo Weller war an diesem sonnensatten Aprilnachmittag nicht zufällig unser letzter Patient. Julia bestellt bei Erstkonsultationen neue Patienten stets nach der Sprechstunde und läßt sie Tempo und Umfang vom ersten Seelenstriptease selbst bestimmen. »Vertrauensbildende Maßnahme« nennt sie das. Auf meine Einwände, daß viele Leute ihre Menschenfreundlichkeit nur zur Egoaufpolierung ausnutzen und nicht zur Krisenbewältigung nutzen, reagiert die Besserwisserin grundsätzlich nicht. Udo Weller witterte prompt seine Chance und raubte uns durch seine Rederasanz jede Möglichkeit, ihn zu unterbrechen und beim Thema zu halten.

Schon das war mir suspekt. Die meisten Patienten neigen dazu, jedes Leiden mindestes drei Mal aufzuzählen. Der fein gestriegelte Herr Weller klagte zunächst so anschaulich über seine nächtlichen

Weinkrämpfe, daß es Julia als eine Sünde wider ihren hippokratischen Eid empfunden hätte, ihm auch nur anzudeuten, daß eine Therapeutin keine medizinisch ausgebildete Zauberkünstlerin sei.

Allerdings war selbst ich reaktionsgehemmt, als der flexible Dauerredner unvermittelt von seinen entsetzlichen Weinkrämpfen auf die wunderbaren Weine der Pfalz kam und ebenso blitzschnell noch den Hinweis auf seinen Beruf unterbrachte. Er war Vertreter einer »hochangesehenen« Weinfirma und hatte den ganzen Tag nur seine »guten Tröpfchen« im Hohlkopf.

»Lachen Sie mich bitte nicht aus, Frau Doktor«, flehte Weller mit Dackelaugen, die er zuvor nicht gehabt hatte, »ich bin hoffnungslos altmodisch. Ich empfinde meinen Beruf immer noch als Berufung.« Julia hat leider nicht gelacht. Bestimmt wäre sie auch noch blöd genug gewesen, sich zu grämen, daß ich den weinseligen Wimpernakrobaten »Schmieren-Udo« nannte. Der Kerl hatte jede Menge Gel im Haar und sah aus wie eine Ölsardine im Anzug. Das Gel roch ebenso wie sein Rasierwasser: billig, bombastisch und brutal.

Schon weil ich Speck als eine der kreativsten Schöpfungen der Humanernährung schätze, bin ich keiner dieser durch die Medien und Ärzte verkorksten Gesundheitsfanatiker. Die sind doch durch nichts von dem Vorurteil abzubringen, daß Fett jenen Teil der Menschheit dahinrafft, der nicht am zu großen Fleischgenuß stirbt. Ich esse nicht nur gern Fett in jeder Form. Ich schätze es auch optisch und mag keine spindeldürren Nahrungsverächter, die das Flair einer rohen Kartoffel haben. Julia liebe ich ja gerade ihrer Pfundsfigur wegen. Auch Stefan ist eine zuverlässig gepolsterte Erscheinung. Ich hatte – logo! – in den letzten zwei Wochen schon begonnen zuzunehmen, und trotz anfänglicher Bedenken fand ich, daß mir das ausnehmend gut stand.

Schmieren-Udo war jedoch (nicht nur durch sein geöltes Haar und die tranig einbalsamierte Stimme) ganz anders fett als die mir sympathischen Bauchträger. Seine feisten Backen und das Schwabbelkinn fielen unangenehm auf; zu kleine Knopfaugen gaben ihm das Aussehen eines Plüschferkels. Die goutiere ich auch nicht. Dennoch wäre ich bereit gewesen, meine Meinung noch einmal jener strengen Prüfung zu unterziehen, die mir meine Berufsethik gebietet, hätte Knopfauge mit dem gebrochenen Verhältnis zu Fremdwörtern nicht zum Abschied gesagt: »Wollen wir nicht gleich einen Termin ausmachen, gnädige Frau? Mir würde es guttun, mich so schnell wie möglich bei Ihnen für Ihre Wohltaten zu revidieren.«

Wir saßen nach dem Mittagessen auf der Terrasse und taten, wie immer, wenn wir satt genug waren, um lebensfroh zu sein, als gäbe es nur uns beide auf der Erde. Julia begaffte Tulpen und ließ sich rumpsteakbraun grillen. Ich hatte mich noch nicht genug vom Arbeitsstreß abgenabelt, um entspannt zu meditieren, und fragte sie, vorsichtig sanft, welche

Wohltat sie denn Schmieren-Udo schon erwiesen hätte, außer ihn so lange quatschen zu lassen, bis mir die Ohren abgefallen waren. Offensichtlich hatte sich die Meistertherapeutin jedoch schon den ersten Sonnenstich des Jahres eingefangen. Sie strahlte, als hätte ich ihr ein besonders schönes Kompliment gemacht.

»Weißt du«, sprudelte sie los, »mein Weinkeller könnte tatsächlich eine Auffrischung vertragen. Und ich glaube, Stefan trinkt besonders gern Pfälzer.«

Ich sah Julia bewundernd an. Manchmal war sie eben doch nicht so dumm, wie ich glaubte. Bestimmt hatte sie Stefan nur deshalb erwähnt, weil sein Name bei mir stets für einen Schnurrer gut ist. Vielleicht war es auch noch nicht einmal einer der üblichen Julia-Tricks, daß sie Stefan Pfälzer Wein besorgen wollte. Seit er nicht mehr Patient bei uns war und sie ihn als ihren »Hausfreund« bezeichnete, hatte er wohl auch einen Anspruch, von ihr mit der gleichen Sorgfalt versorgt zu werden wie ich.

»Ich werde den Kerl mal kommen lassen«, fuhr Julia fort. »So schnell wie möglich sogar. Stefan muß ja demnächst nach Berlin, und da kann ich ihn gleich bei seiner Heimkehr mit dem Wein überraschen. Was gibt's denn da für dich zu schnurren? Du stellst dich ja schon mächtig an, wenn du mal aus Versehen an einem leeren Weinglas schnupperst.«

Ich schnurrte den Triumphmarsch. Julia hatte »Kerl« gesagt, und das genügte mir. Oder hätte ich gleich losfauchen sollen, weil ihr zu Stefans Abwesenheit nichts Besseres einfiel, als fremde Leute ins Haus zu bitten? Inzwischen bin ich klüger und weiß, daß sich bei Julia immer ein Faucherchen zuviel als eins zuwenig empfiehlt.

Wir waren gerade dabei, unsere Seelen zu schwenken, als Oliver angerannt kam.

»Darf ich Sissi mal halten?« fragte er.

»Klar. Von dir läßt sie sich doch alles gefallen. Du hast sie verzaubert.«

»Sie hat mich verzaubert«, verbesserte Oliver. »Ach«, lachte das kleine kluge Kerlchen, als er mich an seine heiße weiche Backe drückte, »ist die schwer geworden.«

»Die frißt zuviel und nascht sicherlich noch heimlich«, erwiderte mein Einfaltspinsel.

Ich grinste noch, als ich um die Tanne lief und mich erst nach langer Hetze von Oliver einfangen ließ.

Bei Schmieren-Udos nächstem Besuch in der Praxis war ich nicht da, sondern im Garten. Julia hatte ich suggeriert, ich müßte mir deshalb gelegentlich während der Arbeitszeit freinehmen, weil sich die Wühlmäuse im Rosenbeet mausig machten und ihre Aprilscherze gegen meine Ehre gingen.

»Genieß nur dein Leben«, hatte sie gutgelaunt gesagt, »du hast es verdient. In letzter Zeit hast du ja wirklich schwer geschuftet.«

Mir war es nur recht, daß ich meine Beste nicht vor der Zeit beunruhigen mußte. Ich war nämlich sehr viel sonnenhungriger als früher und brauchte tags-

über längere Nickerchen. Das wiederum hätte Julia
selbst dann nicht durchschaut, wenn sie jedes meiner Worte kapiert hätte. Also spielte ich weiter Katz
und Maus mit ihr.

Am Dienstag abend saßen Julia, Stefan und ich auf
der Terrasse.

»Was sind wir heute alle gut drauf«, freute sich Julia.
Sie neigt typischerweise stets dann zur Vorwitzigkeit
und spricht in meinem Namen, wenn ihr als Haupt-
gang nur Magerkost eingefallen ist. Es hatte grünen
Salat und untergewichtige Würstchen gegeben; der
Abend wurde jedoch wenigstens noch halbwegs gerettet, indem Stefan für mich knackfrische Butter-
kekse aus seiner Tasche zauberte und Julia mich so
sorgsam und lange bürstete, als wollte sie auf einer
Katzenschau den Siamesen-Oscar einheimsen.

Als der Vollmond dann auch noch mit einer besonders gelungenen Protzphase aufwartete und die
Sterne funkelten, als hätten sie Himmelspremiere,
wurde es trotz meines knurrenden Magens sogar
urgemütlich. Nichts deutete auf eine Veränderung
der seelischen Wetterlage hin. Am Mittwoch, als ich
mich zur gleichen Stunde erwartungsvoll auf die
Terrasse setzte, klingelte es. Schmieren-Udo rollte
ein.

Er hatte noch mehr Gel im Haar als sonst und einen
klobigen schwarzen Koffer in der Hand. Das le-
derne Monster bezeichnete er als »Wellers Wunder-
kästchen«, machte es mit viel Tamtam auf und sah
dabei aus wie ein mißratener Pfau.

»Alles dabei«, trompetete der Fieskerl. »Gnädige Frau braucht kein Fingerchen krumm zu machen.« Feierlich entrollte er ein rotes Filztuch auf unserem guten Tisch und stellte pfeifend zehn Flaschen auf. Ich lief übellaunig zwischen den Flaschen Slalom und warf eine mit dem Schwanz um. Er lachte verklemmt, hob einen Dickfinger, säuselte: »Mieze, Mieze«, und holte sehr kleine Gläser aus dem Koffer. Die stellte er vor den Flaschen auf.

»Dann wollen wir mal einen zur Brust nehmen, wir drei«, jubelte er.

Ich stand immer noch zwischen den Flaschen, buckelte mich eindrucksvoll und fauchte. Aus Versehen zu leise.

»Sissi«, mahnte Julia und erschrak fürchterlich – wie immer, wenn sie versucht, streng zu sein, und selbst merkt, daß sie sich lächerlich gemacht hat.

Als die erste Flasche entkorkt wurde, hockte ich mich in meinen Sessel und funkelte von dort das Große Augenfeuer.

»Sie müssen wissen«, kicherte Julia, nachdem sie drei Gläser geleert hatte, »meine Katze ist äußerst moralisch. Sie mag weder Alkohol noch Nikotin.«

»Recht hat sie«, antwortete Lügen-Udo, »von den Tieren könnten wir viel lernen, wenn wir Menschen nur nicht so stur wären.«

Es verunsicherte mich sehr, daß ein solcher Unmensch so etwas Kluges sagte, daß ich verfrüht in meine Grübelphase eintauchte. Mir war nicht wohl zumute. Als ich Augen und Ohren wieder öffnete, noch viel weniger. Julias Gesicht war hummerrot und ihre Stimme gefährlich hoch. In so einem Zustand pflegt sie oft zu vergessen, wer wir sind.

»Nein«, krächzte sie gerade, »Sie schmeicheln mir, Herr Weller. Eine Weinkennerin bin ich wahrlich nicht. Aber ich glaube, ich habe einen ganz guten Instinkt für Qualität.«

»Nur darauf kommt es an. Bleiben Sie mir mit den sogenannten Weinkennern vom Leib, gnädigste Frau. Die kann man in der Pfeife rauchen. Mir gibt es nur Befriedigung, Menschen wie Ihnen meine Weine vorzuführen. Sie haben einen Sinn für Rasse, Klasse und Harmonie. Das sehe ich an Ihren Bildern.«

Der Satz war ein Volltreffer, und ich ahnte noch Schlimmeres. Julia benimmt sich wie eine Affenmutter, wenn es um ihre Bilder geht. Sie betüttelt sie mit ihrem dämlichen Staubwedel, wischt die Rahmen feucht ab und verschwendet viel kostbare Zeit, die sie in der Küche verbringen könnte, mit dem Angaffen von Wänden. Als Schmieren-Udo von den Bildern sprach, schaute sich Julia mit ihrem Schleiereulenblick in unserem Wohnzimmer um. Er hat sofort Beute gewittert.

»Dieses lesende Mädchen hier«, keuchte er und zeigte auf eine für mein Dafürhalten ziemlich alberne Ziege mit langem Haar und altmodischem Strohhut, »ist total supergut. Die sieht Ihnen direkt ähnlich. Vielleicht Ihre Frau Mutter in jungen Jahren?«

»Schön wär's«, gackerte Julia und ließ sich aus Flasche Nummer fünf einschenken, »das ist ein sehr berühmtes Bild von Renoir.«

»Daß ich das nicht gleich gemerkt hab! Dabei ist Lenor mein Lieblingsmaler. Echt?«

»Natürlich nicht. Solche Reichtümer kommen nicht auf eine Ärztin nieder. Aber die paar, die ich habe, hütet dieses hübsche Kind.«

Als Julia das sagte, hätte man alle Bluthunde dieser Welt auf mich hetzen können, und ich wäre genau so erstarrt sitzen geblieben wie in diesem Schreckensaugenblick und hätte nur stumpfsinnig vor mich hingeglotzt. Mit einem einzigen Gehirn war das alles nicht zu fassen. Selbst nicht mit meinem. Diese Fachidiotin hatte offenbar das Quentchen Verstand vertrunken, das sie brauchte, um Probleme nicht anzulocken wie ein offener Honigtopf die Bienen.

In der ersten Zeit unseres Zusammenlebens hatte Julia auch vor mir immer sehr geheimnisvoll mit ihrem Safe getan und ihn erst in meiner Anwesenheit aufgemacht, als sie merkte, daß sie mir vertrauen konnte. Und nun war sie nach ein paar läppischen Gläsern Wein dabei, dieser pomadigen Nervensäge ihren geheiligten Safe vorzuführen.

Noch war sie nicht so stockbetrunken, ihn aufzureißen und dem Feind ihren Brillantring und die schöne Perlenkette, die sie mir gelegentlich umlegte und dabei so süß lachte, unter die Nase zu halten. Lange konnte es jedoch nicht mehr dauern. Sie hielt bereits das Bild vom Safe wie ein Schild vor ihr Gesicht und quietschte wie Miss Piggy.

»Mein Gott, wie schön«, stöhnte Schmieren-Udo.

Ich wußte wirklich nicht mehr, wem ich zuerst die Augen auskratzen wollte, diesem Gockel mit der Öl-stimme oder der schusseligen Julia, die sich von einem Tag zum nächsten nicht merken konnte, daß sie Alkohol nicht vertrug. Sie nahm das Glas, das er ihr entgegenschwenkte, trank so hastig, als wäre sie unmittelbar vor dem Verdursten, leckte sich die Lippen und lispelte: »Trockenbeerauslese. Die Süßen mag ich besonders.«

»Und jetzt ein Eisweinchen«, versprach der miese Anbändler, »den mache ich nur für ganz süße Menschen auf.«

Nachdem die Flasche mit viel albernem Getue entkorkt worden war, standen die beiden mitten im Zimmer und rissen sich darum, wer die blöderen Bemerkungen machen konnte. Mir war klar, daß Julia schnurstracks auf den Sieg zusteuerte. Sie sagte jeden Satz mindestens zweimal, hatte Schluckauf und laberte immerzu von ihrer Kehle, die sie gut schmieren müßte. Im Vergleich zu ihr war ein Papagei mit Staatsexamen ein sprachretardierter Vogel. Frau Doktors Haare klebten auf der Stirn und im Nacken und sahen aus, als hätte sie mit beiden Händen in Horror-Udos Geltopf gegriffen. Sehr unstandesgemäß und äußerst häßlich das Ganze!

Der fette Mops schwitzte noch mehr als Julia.

Selbst aus seinen Augen schossen Schweißperlen. Für mich war es nur noch eine Sache von Minuten, bis uns Herr Weinselig mit einem seiner berühmten Weinkrämpfe beehren würde, aber ganz plötzlich fiel mir etwas anderes auf: Wann immer Julia mit ihrem Glas beschäftigt war, starrte er in eine ganze bestimmte Richtung, und zwar zu unserem Safe.

Ich gab Julia einen warnenden Schubs. Und was sagte Klein-Doofi? »Nanu, meine Süße«, fragte sie, »willst du auch ein Schlückchen?«

Sie hat sich nicht einmal entblödet, das Glas, das sie – schon sehr zungenschwer – »Gläschen« nannte, mir vor die Nase zu halten. Obwohl ich mich genierte und mir wie eine hundsordinäre Hauskatze dabei vorkam, wußte ich mir nicht anders zu helfen, als die gute Julia mit entblößten Zähnen anzufauchen. Sie hat zurückgefaucht. Das langte. Schimpfend rannte ich aus dem Zimmer.

»Bleib doch«, flehte sie, »jetzt wird es gerade so gemütlich.«

Ich ließ mich auch nicht dazu bewegen, mit Julia das Bett zu teilen, obwohl sie mir überraschend bald in meine Schmollnische folgte, rührend kleinlaut und wohltuend schweigsam war. Sogar mit ihrem Maiglöckchenparfüm wollte sie mich bestechen. Ich glaube, ihr dämmerte noch nicht einmal, daß sie bestialisch nach Alkohol gestunken hat und daß ihre Annäherungsversuche eine Zumutung waren.

»Mann, hab ich einen Kater«, jammerte Julia am nächsten Morgen.

Diese Taktlosigkeit hat mich merkwürdigerweise gar nicht so sehr empört, wie sie mir wieder einmal bewußt machte, daß der menschliche Verstand nicht mit meinen Maßstäben zu messen ist. Ich fixierte Julia streng, während sie ihren Kopf in beiden Händen hielt, folgte ihr trotz allem ins Bad, weil ich merkte, daß es ihr wirklich nicht gut ging, und sah zu, wie sie mit Zitterhand zwei Tabletten in Wasser auflöste. Mit einer Ironie, die ich mir allerdings hätte sparen können, weil Julia schon unter gewöhnlichen Verhältnissen keinen Sinn für Sarkasmus hat, schnurrte ich Zustimmung, als sie stöhnte: »Ich sehe fürchterlich aus. Bin ich froh, daß mich Stefan nicht in diesem Zustand sieht.«

Ich war mindestens so beglückt wie meine verquollene Vogelscheuche, daß der gute, kluge, ruhige, zuverlässige Stefan nicht hatte miterleben müssen, wie grauenvoll Julia uns beide blamiert hatte. Weil mich indes morgens meine gutmütige Toleranz immer milde stimmt, wollte ich sie nicht zu lange beschämen und nahm ihre Entschuldigung an. Nach einigen pädagogisch gebotenen Zurückweisungen durfte sie mich kosen und kroß gebratenen Speck zur Frühstückssahne servieren. Die Versöhnung war total gut. Ich war sicher, daß wir nie mehr von Schmieren-Udo hören würden.

Nur zwei Tage nach dem Weindebakel ging Julia

abends aus. Das tut sie selten; sie weiß, daß es mich kränkt, gerade dann ohne Kommunikation zu sein, wenn die Tagesereignisse noch einmal in Ruhe besprochen werden sollten. Ausnahmsweise hatte ich Julia aber ohne Widerrede ziehen lassen. Das Wetter war ideal, um im Garten die zwei frechen Buchfinken zu ängstigen, die sich vor einer Woche im Kirschbaum eingenistet hatten. Außerdem brauchte ich kurze, entspannende Abendrunden aus gesundheitlichen Gründen.

Gut gelaunt, weil Schulter, Nacken und Rücken trotz meiner Gewichtszunahme noch optimal gelenkig waren, sprang ich auf den Couchtisch. Das war allerdings der letzte ruhige Augenblick an diesem Abend. Als ich zum Fenster blickte, sah ich, daß es weit offen stand. Das verblüffte mich. Ehe ich aber überhaupt Zeit zu irgendeiner Überlegung fand, erblickte ich zwei Hände, danach zwei Beine und schließlich einen ganzen Mann. Verschreckt flüchtete ich hinter die Gardine und stellte mich tot. Trotzdem hat es natürlich nur Sekunden gedauert, ehe ich den Kerl erkannte. Auf dem Fenstersims hockte Schmieren-Udo mit kleinem Koffer, Wollmütze und schwarzen Handschuhen.

Zum ersten Mal in meinem Leben war ich froh, daß Julia Krimis frißt wie ich Kabeljau und ich im Fernsehen so manches mitbekommen hatte, von dem die meisten Katzen ihr Leben lang nichts erfahren. Selbst wenn es sich beim Mann auf dem Fenstersims nicht um Schmieren-Udo gehandelt hätte, wäre ich im Bild gewesen. Ich wußte genau, was Handschuhe und Mütze in dieser warmen Aprilnacht bedeuteten.

Der miese kleine Gauner mit seinem vergifteten Wein kletterte in unsere Kemenate. Er machte kein Licht, knipste eine Taschenlampe an, holte das Bild von der Wand und aus seinem Koffer eine Zange und ein großes Eisenrohr. Er begann sofort, am Schloß von unserem Safe herumzuwerkeln.

Selbstverständlich hat der Blödmann es nicht geschafft, die Safetür aufzubekommen, doch seinen Irrtum trotz seiner stark beschränkten Denkfähigkeiten ziemlich schnell eingesehen. Ich rührte mich nicht – noch nicht einmal, als das wichtigtuerische Stinktier sich in meinen Lieblingssessel fallen ließ und sich die Stirn mit unserer frisch gewaschenen Gardine polierte. Vollkommen ruhig und konzentriert wartete ich ab und überlegte die ganze Zeit, was er und ich als nächstes tun würden.

Er stand auf, sah sich um, faßte erst einen goldenen Leuchter an, lief eilig zu den Schubladen, riß sie auf und wühlte mit seinen Fettfingern in ihnen herum. Ich schob noch nicht einmal einen Buckel. Doch dann begann er zu pfeifen, und kurz darauf brummte er: »Die alte Schnepfe hat wenigstens noch antikes Silber.« Da bin ich gesprungen.

Ich machte beim Fliegen meine Nase fest zu, um das Gel nicht zu riechen, und die Augen weit auf, um die Entfernung richtig abzuschätzen. Ziegelsteinschwer landete ich auf den Schultern von Udo dem Schrecklichen. Als er mein Gewicht spürte, schrie er überrascht auf, doch schon beim ersten Kratzer heulte er so laut wie ein mehr als nur halbtot gebissener Hund.

Ich kratzte kreischend, fauchend und furienhaft fest. Nicht die kleinste Krallenpause habe ich mir gegönnt, während der Feigling mit den Handschuhhänden um sich schlug und »Du verdammtes Mistvieh!« brüllte. Ich biß ihm ins Gesicht und in den Nacken. Er warf den Kopf nach hinten wie ein scheuendes Pferd. Ich zerkratzte seinen Hals und biß ihm in die Lippen. Im Kampf fiel ihm die Mütze vom Kopf. Meine Wut brannte so heiß, daß jede Pfote zur Geheimwaffe wurde. Ich kratzte auf dem Schädel herum, bis ich Blut roch, und krallte mich fest.

Schmieren-Udo hockte jaulend auf dem Fensterbrett, die Beine noch im Wohnzimmer, Kopf und Arme schon im Freien. Ich gab ihm den Rest, kratzte durch den dicken Stoff seiner Hose, traf mit meinen Krallen seine Knie und biß in seine Fesseln. Meine Zunge war naß von seinem Blut, die Ohren labten sich an seinem Angstgebrüll. Nun hatte er seinen Weinkrampf. Und eine neue Therapeutin brauchte er auch. Siegreich thronte ich am Fenster und gab Kopf und Körper Entwarnung. Der Verlierer war nur noch ein Kummerklops und hinkte blutend aus dem Garten.

Ich war mitten in der ersten Putzphase, sehr zufrieden und noch mehr erregt, als die Wohnungstür aufgeschlossen wurde.

»Sieh mal, Sissi, wen ich uns mitgebracht habe«, rief Julia.

Da ist es geschehen. Meine Nerven versagten, das Herz raste, jedes meiner Barthaare zitterte, die Augen flackerten. Der Gedanke, Stefan könnte annehmen, ich hätte das Chaos verursacht, weil ich nicht gern abends allein blieb, war mir entsetzlich. Würden Katzen Weinkrämpfe bekommen, hätte ich mich in Tränen aufgelöst. Selbst Stefan konnte ich nicht erklären, was passiert war. Verstört schlüpfte ich hinter das Seidenkissen, das er mir zu Weihnachten geschenkt hatte. Ich hätte es besser wissen müssen. Stefan hatte nicht nur Augen. Er hatte einen katzenanalytischen Intellekt.

»Um Himmels willen, was ist denn hier passiert«, rief er, doch nur einen einzigen Staunensaugenblick, danach wußte der Kluge Bescheid. »Nicht aufregen, Julia«, sagte er wunderbar tröstend, »hier ist eingebrochen worden. Wir müssen sofort nachsehen, was fehlt.«

Julia wurde so hysterisch wie beim großen Feuer, beruhigte sich aber doch viel schneller, weil sie diesmal keinen Schuldkomplex zu verarbeiten brauchte. Als sie begriff, daß sie Opfer und nicht Täter war und nur aufräumen mußte, wurde ihr Schluchzen angenehm melodisch. Sie war es auch, die das Blut auf dem Sessel, auf der Gardine und auf dem Fensterbrett entdeckte.

137

»Mein Gott, Sissi muß was passiert sein«, schrie sie,
»Sissi, wo bist du?«

Für diesen Urschrei der Angst liebte ich sie, wie
nur eine Mutter lieben kann. Ich kroch unter dem
Kissen hervor, strich kurz um Stefans Beine und
sprang in Julias Arme. Die Erfahrung, daß Menschen manchmal und wohl gerade in Ausnahme-
situationen Zwei und Zwei zusammenzählen können, gab mir Sicherheit für ein ganzes Katzenleben.
Nachdem Stefan und Julia die Blutspuren gefunden hatten, untersuchten sie jeden Quadratzenti-
meter meines glücklich glühenden Körpers. Meine
Julia riß mich aus Stefans Armen und Stefan aus
ihren.

»Wir können uns bei Prinzessin bedanken«, sagte er,
»sie muß den Einbrecher in die Flucht geschlagen
haben.«

»Aber wie? So ein kleines, hilfloses Tier.«

»Mit großen, waffenstarken Krallen«, lachte Stefan,
»wenn sie uns doch nur sagen könnte, was passiert
ist.«

Wie gut war es, daß ich gerade dies nicht konnte.
Hätte ich Stefan von Schmieren-Udo und der Weinprobe erzählen können? Niemals. So konnte er wenigstens weiter glauben, daß Julia eine Frau mit
Durchblick sei.

Er setzte sich hin, ließ sie ihr Silber zählen, nahm
mich auf seinen Schoß und kraulte mich zärtlich.
»Nanu, was ist denn das?« fragte er. »Seit wann
haben wir denn so einen Bauch?«

»Uns schmeckt's zu gut«, lachte Julia und drohte mir neckisch mit einer silbernen Kuchengabel. Sie sah allerliebst aus mit den Tränentropfen in ihren Augen.

»O nein, Frau Doktor. Prinzessin ist trächtig. Das werden bestimmt ganz süße Maikätzchen.«

8.

Wo bleibt der Mutterschutz für Katzen, wo die Gleichberechtigung für unsere unehelichen Kinder? Verhungert, durstig, ohne Pfotenfreiheit und Orientierung hockte ich in einem dunklen Verlies mit Löchern. Meine Ruhe war hin, mein Herz war schwer. Ich preßte meine Nase an die Gittertür und bereitete mich ergeben auf das Ende der Welt vor. Mir würde der viel diskutierte, immer wieder hinausgezögerte Aufstand der werdenden Katzenmütter nicht mehr helfen können.

Wer einer Katze beweisen will, daß unser lebenslanger Kampf um Individualität und Freiheit vergebens ist, der schleife sie zum Tierarzt. Diese Schmach tat Julia mir an. Meine sanfte, liebevolle Julia, die sich mit einem Keks entschuldigt, wenn sie mir versehentlich auf die Pfote tritt, und um fremde Vögel zittert, war keine heilige Johanna der hilflosen Kreatur. Im besten Fall war sie eine Lügnerin mit dem Gemüt einer doppelzüngigen Dogge.

»Tut mir schrecklich leid«, schwindelte sie und servierte mir unmittelbar nach dem Dejeuner ein Schälchen mit Sahne. Schon das war suspekt. Ich hätte die Bestechung verweigern müssen, doch ich Zutrauliche war so naiv wie Schneewittchen beim Apfelbiß. Während ich genüßlich schleckte, warf mir die falsche Fuffzigerin fix ein Handtuch über. Danach schleppte sie mich zu einem Kerker, der perfider Weise als »Katzenbox« bezeichnet wird. Bleichen Gesichts – wenigstens das! – verriegelte die Kerkermeisterin die schwere Eisentür.

»Es ist doch nur zu deinem Besten«, schmeichelte die miese Heuchlerin mit falscher Süßstimme.

Wenn Julia sagt, irgend etwas sei zu meinem Besten, kommt allemal etwas Schlechtes heraus. Beispielsweise geschlossene Fenster, roh geschabte Möhren im Futter oder, wenn ich in den Regen gekommen bin und die Gnädigste um ihre ach so empfindlichen Polstermöbel fürchtet, eine Abreibung mit einem Tuch, das nicht im Weichspüler hat schwimmen dürfen und nach alles anderem als nach Aprilfrische duftet. Diesmal war die »Alles-zu-deinem-besten«-Finte also eine Autofahrt in einem Käfig.

Auch nach langer Zeit widerstrebt es mir, zu schildern, was eine Fahrt in einem Auto für eine Katze bedeutet, die man bis dahin im Glauben gelassen hat, vier Pfoten reichen als Fortbewegungsmittel für neun ganze Leben aus. Aus Sorge um meine Schwestern und Brüder müssen jedoch solche unbarmherzigen Tiertransporte ohne Rücksicht auf die Autoindustrie publik gemacht werden.

Julias Wagen schwankte wie eine vom Satan verzauberte Schaukel und stank auch nach Feuer und

Rauch. Ein Höllenzug blies durch das eine geöffnete Fenster, die Dröhn- und Drohorkane von der Straße waren nicht auszuhalten. Ehe ich das erste Mal rebellierte, hatte ich schon Gastritis, Mittelohrentzündung, ein Schleudertrauma und einen schweren Schock.

Wann immer das Auto stehenblieb und dann weiter fuhr (sehr oft und absolut unnötig, wie ich vermutete), fürchtete ich, mitsamt meinem Gefängnis ins Bodenlose zu stürzen. Zu Beginn der Fahrt flehte Julia: »Sei still, beruhige dich, dir passiert nichts«, gegen Ende fluchte sie: »Kein Parkplatz, verdammt, kein Parkplatz.« Nach der Befreiung aus ihrer Stinkmaschine schleppte sie mich stöhnend in der verteufelten Box durch Wind und Regen. Endlich hörte das Rütteln auf. Wir saßen im Trocknen, und ich roch mit einem Mal so viele Tiere und Menschen, daß es mich würgte.

»Das melde ich dem Tierschutzverein«, donnerte ich.

»Ruhig, meine Süße, es dauert nicht mehr lange«, säuselte Julia die Falsche.

Ich holte soviel Luft in meine Kehle, wie es der Käfig zuließ, und kreischte bis zur Maulsperre.

»Aha, das kann nur eine Siamkatze sein«, sagte eine Stimme. »Das höre ich sofort. Ich hatte auch mal eine. Nehmen Sie sie doch auf den Schoß.«

»Meinen Sie?« fragte Julia.

»Das Tierchen hat Angst. Es beruhigt sich bestimmt, wenn es Sie fühlt.«

»Sissi war noch nie beim Tierarzt. Sie wird sich vor den vielen Hunden hier fürchten.«

»Beim Doktor ist das alles anders. Schauen Sie mal, wie ruhig mein Napoleon ist.«

Wer immer Napoleon war, er gehörte nicht zu den Siegernaturen. Ich jedenfalls hatte nicht vor, lautlos unterzugehen, und schrie immer weiter, noch lauter und so durchdringend, daß ich selbst glaubte, mir würden die Ohren blockieren. Da hat Julia endlich reagiert und mich aus dem üblen Loch herausgeholt. Sie setzte mich auf ihren Schoß und murmelte eine Latte von Entschuldigungen über meinen Kopf hinweg. Ihre Knie wackelten wie Sülze mit zu wenig Aspik, und ich konnte nicht ausmachen, ob Zittermamsell zu mir sprach oder zu den Menschen um mich herum.

So viele Leute auf einen Schlag hatte ich bisher nur im Fernsehen gesehen. Sie hockten auf Stühlen (ungepolstert), und jedes dieser Fremdwesen hatte ein Tier auf dem Schoß – Hunde mit verbundenen Pfoten, Hasen mit angelegten Ohren, unverschämt in Handtücher gerollte Katzen, bewegungslose Meerschweinchen, stumme Vögel im Käfig und ein triefäugiger Hahn. Ich war sicher, daß ich schon tot und wahrscheinlich im Wundergarten Eden angekommen war, von dem die Pfarrer im Fernsehen erzählten.

Hieß es nicht immer, daß dort alle Tiere in Frieden miteinander glücklich seien? Wo aber war der Löwe, der mit dem Lamm spielt? Wo der Apfel-

baum und wo die Mäuse, die den Katzen die Milch
der frommen Denkungsart in Silberschalen kreden-
zen? Ein rotes Licht funkelte.

»Der Nächste bitte«, schnarrte eine Menschen-
stimme aus einem goldenen Kästchen über der Tür.
Gehörte diese Stimme dem König in dem verrück-
ten Paradies?

Ein kleiner, kahlköpfiger Mann stand auf und zerrte
an der Leine eines sabbernden Boxers. Der massige
Hund hatte bis dahin wie ein Denkmal in der Ecke
gesessen, doch mit einem Schlag wurde er lebendig.
Er warf seinen Querkopf zurück, legte sich auf den
Boden, streckte alle vier Pfoten von sich und winselte. Ein erschütterndes Bild, auch wenn der Kerl
nur ein gemeiner Hund war.

»Komm Pluto«, lockte der Zwerg, »der Onkel Doktor tut dir heute bestimmt nicht weh.«

Pluto stieß schäumende Wolken aus dem Maul,
schabte mit groben Pfoten auf dem ebenso groben Linoleumboden und jaulte. Er roch so katzen-
nasenbeleidigend nach Angstschweiß, daß ich wieder schrie.

»Halt endlich deine Fresse, du sabberndes Stinktier«, pöbelte ich gewitterstark.

Das brachte Leben in die Bude. Ein Pudel bellte
(jedenfalls hielt er seine spitzen Quietscher für Bellen). Zwei Kater krochen aus ihren Handtüchern
hervor und husteten wie überkochende Kessel. Der
Wellensittich zu meiner Linken versuchte, in seinem Käfig Selbstmord zu machen.

»Die bringt uns alle noch um den Verstand«, jammerte die Frau mit dem Hahn. »Das hält mein Hansi nicht aus. Der ist ja so sensibel.«

Der Boxer wurde komplett hysterisch und zum Doppelmacho. Er verwechselte sich mit einer Dogge und sagte mir Dinge, die ich hier nicht wiederholen kann und selbst Stefan nie erzählt habe. Ich keifte zurück.

»Wollen Sie nicht vorgehen?« fragte der Zwerg erschöpft. »Ich glaube, das wird uns allen helfen. Die Katze macht ja die anderen Patienten noch unruhiger, als sie sind.«

»Ja«, sagten die Leute und wackelten mit dem Kopf. »Gehen Sie schon«, befahl die Frau mit dem durchgedrehten Hahn.

»Aber wir sind doch noch gar nicht dran«, flüsterte Julia, »das kann ich doch gar nicht annehmen.«

»Beim Tierarzt geht es menschlich zu«, sagte ein junger Mann mit einem rotäugigen Kaninchen, »wir sehen doch alle, daß ihre Katze am Ende ist. Wir helfen gern.«

»Danke«, sagte Julia, »danke sehr.«

Sie preßte mich mit einer Hand an ihre Kuschelbrust, kraulte mich mit der anderen am Ohr, flüsterte jammernd vor sich hin und setzte sich schwankend in Bewegung. Ihre Beine und Hände zitterten so, daß ich ganz sicher war, ich würde auf dem langen Flug im Flur abstürzen. Als wir endlich zur Landung ansetzten, standen Julia Tränen in den Augen.

Wir gerieten in ein großes, helles Zimmer mit ver-
gitterten Fenstern, einem einzigen Stuhl vor einem
Schreibpult und einem absolut abartigen Tisch. Er
war sehr hoch, hatte eine Metallplatte und noch
nicht einmal eine Decke. Der Raum stank barbarisch nach den scharfen Putzmitteln, die in unserer
Wohngemeinschaft tabu sind. Es roch nach Not und
Todesangst, aber ich war bereits zu schwach, um
mich zu wehren.

»Hab ich mir doch gleich gedacht, daß wir eine Siamesin im Wartezimmer haben«, sagte eine Frau in
einem weißen Kittel. Sie kidnappte mich aus Julias
Armen und verschleppte mich zum Gefriertisch.
Dort hielt mich die unsympathische Könnerin so
geschickt mit einer Hand fest, daß ich weder krat-
zen noch beißen konnte. Julia stand neben mir.

»Nur die Formalitäten«, sagte die Frau. »Ich brauche Namen, Geschlecht und Alter.«

»Doktor Julia Franz. Weiblich. Vierzig. Nervenärz-
tin und vollkommen fertig.«

»Ich meinte unsere Patientin, Frau Kollegin«, lachte
der weiße Stinkkittel.

»Sissi. Ich weiß nicht, wie alt sie ist. Sie ist ein Findling. Weiblich stimmt. Und meine Patienten kann
sie wunderbar therapieren.«

»Sie ist ein Prachttier.«

»Wetten, daß du das zu allen sagst«, hißte ich,
»selbst zu den miesen Kötern da draußen und der
Kröte im Glas.«

»Was fehlt uns denn?« fragte die Frau und streichelte mich. Sie hat meine Antwort überhaupt nicht abgewartet, sondern nur mit Julia gequatscht. Julia nannte sie »Frau Doktor«, und Weißkittel redete Julia mit »Frau Doktor« an. Die dämliche Doktorei erstaunte mich im ersten Augenblick so, daß ich nicht einmal versuchte, mich einzumischen, aber nach einer Weile machte das Getue meinen Nerven den Supergaraus.

Ich nahm an, sie hätten mich auf dem Ekeltisch vergessen. Wahrscheinlich würden sie gleich Tee trinken, um Julias Schwellenangst abzubauen. Natürlich würde sie dann die intimsten Dinge aus unserem Leben ausplaudern. Ich kannte die Prozedur ja von unseren Patienten.

»Was soll der Quatsch?« fragte ich und drohte mit Buckel und Zahn.

»Beruhigen Sie sich doch erst mal«, sagte die eine Frau Doktor zur anderen, »und sagen Sie mir, was Sissi hat. So schlimm kann es nicht sein. Sie sieht ja kerngesund aus.«

»Das haben Sie gut erkannt.«

Mir war es entsetzlich peinlich, daß Julia nicht zur Sache kam. Schließlich mußte gerade sie wissen, was Arztbesuche kosten und daß ungebremstes Mitteilungsbedürfnis sie nur teurer macht. Ich ärgerte mich mächtig, daß sie unser gutes Geld so zum Fenster herauswarf, und kratzte sie am Arm.

»Sie müssen mir helfen«, flötete Julia mit der Singsang-Stimme, die sie von unseren Labilchen aufgeschnappt hat, »Sissi bekommt ein Baby.«

»Eins? Wie kommen Sie darauf, daß ein Wurf aus einem einzigen Kätzchen besteht? Komm her, meine Kleine, ist schon gut, eine werdende Mama gehört nicht auf den Behandlungstisch.«

Die richtige Frau Doktor nahm mich hoch, setzte sich mit mir vor ihr Pult, streichelte mich, befühlte meinen Körper und lachte leise. Ich fand, daß sie gar nicht mehr so übel roch wie vorher. Kraulen konnte sie wunderbar.

»Stimmt«, sagte sie, »Sissi ist trächtig. Drei Kleine kann ich schon fühlen.«

Julia sackte in sich zusammen wie der Boxerschwächling im Wartezimmer. Sie lief zum Fenster und klapperte mit Augen und Zähnen. Sie sah elend und entsetzlich dumm aus. Wie ein Kind, das sich zu vollgestopft hat und sich wundert, woher die Bauchschmerzen kommen. Weshalb nur konnte ich dieser süßen Person nie so lange böse sein, wie sie es verdiente?

»Was soll ich denn da machen?« piepste Julia wie ein kleines Mädchen.

»Nichts. Überlassen Sie alles nur Ihrer Katze. Die hilft sich selbst, wenn es soweit ist. Und wenn es Komplikationen gibt, rufen Sie mich an. Wir Tierärzte stehen auch in der Nacht auf, wenn wir gebraucht werden.«

»Ich meine, können Sie ihr keine Spritze geben?«

»Nein. Ordentliches Futter reicht vollauf. Ruhig ein bißchen mehr als bisher«, sagte die Liebenswerte.

»Ich meine doch eine Spritze, damit sie gar keine Babys bekommt.«

»Das ist der Gipfel«, maunzte ich, »du unmoralische Ziege.«

»Ganz recht«, stimmte mir die Wissende zu, »sag du nur deine Meinung. Abtreiben, wie dein Frauchen meint, ist nicht mehr möglich. Dazu ist es viel zu spät. Das gefährdet die Mutter. Das wollen Sie doch nicht, Frau Doktor?«

»Aber nein«, erwiderte meine Frau Doktor, »ich hänge so schrecklich an dem Tier. Aber ich habe riesige Angst. Ich bin doch ein Stadtkind und habe keinen blassen Schimmer wie eine Katze niederkommt. Mein Freund sagt im Mai.«

»Stimmt. Überlassen Sie alles nur Sissi«, wiederholte die famose Frau Tierärztin und gab mich Julia zurück. Sie ging zu ihrem Schrank, holte ein Buch, gab es meinem puterroten, schuldbeladenen Stammeldussel und sagte: »Lesen Sie es ruhig Sissi vor. Sie wird Ihnen alles erklären.«

Mir hielt sie zwei Kekse hin. Es waren ganz ordinäre Katzenkekse, wie sie in jedem Supermarkt zu kaufen sind, und sie schmeckten entsprechend. Ich aber habe sie gegessen und mir den Mund geleckt, um der echten Frau Doktor eine Freude zu machen. Mit Julia wollte ich in Ruhe zu Hause reden. Erstens, wie in aller Welt kam sie dazu, Stefan nur als Freund zu bezeichnen? War sie zu spießig, um frei herauszusagen, daß er unser Hausfreund war? Zweitens war es höchste Zeit, ihr klarzumachen, daß ungeborenes Leben Achtung und Schutz verdient. Ohne Widerworte, weil ich merkte, daß Julia sich immer noch nicht beruhigt hatte und ich sie nicht weiter aufregen durfte, ließ ich mich in die Katzenbox sperren.

Als wir die Praxis verließen, zerrte der Zwerg gerade mit allerletzter Kraft seinen Jaulboxer in das Behandlungszimmer. Der Hahn war im Tiefschlaf und der Pudel unter einem Stuhl zusammengeschrumpft. Er sah aus wie ein Fleischklops mit Dauerwelle.

»Tierärzte«, sagte ich zu Julia im Auto, »müssen wirklich Könner sein. Die verdienen ihr Geld nicht wie du, indem sie Unsinn reden.«

»Sei doch bitte wenigstens so lange still, bis wir zu Hause sind«, antwortete sie mit der typischen Julia-Logik, »sonst raste ich wirklich noch aus.«

Ich glaube, sie ist keine gute Fahrerin. Immerhin schwankte aber der Wagen auf dem Rückweg nicht so schrecklich wie auf der Hinfahrt. Ich konnte mir relativ entspannt Gedanken machen, wie ich Julia dazu bringen könnte, ihre Probleme zu bewältigen, ohne daß sie ihre Selbstachtung einbüßte.

Das längst überfällige Grundsatzgespräch mußte indes verschoben werden. Bei unserer Heimkehr standen zwei Patienten vor der Haustür, und die Art, wie die beiden »Guten Tag« muffelten, brachte Julia aus der Fassung. Sie hatte nur Zeit, mich aus der Box zu befreien und sich selbst zumindestens leidlich standesgemäß herzurichten.

151

Als Entschädigung für die Tour de Tortur und zum Zeichen, daß sie einsah, wie unreif sie sich benommen hatte, gab sie mir ein Stück kalte Makrele und bat mich recht kleinlaut, ausnahmsweise mit meiner warmen Mahlzeit bis abends zu warten. Die Ärmste war zwar immer noch nicht seelisch voll gefestigt, aber wenigstens konnte sie wieder lachen – wenn auch nicht zählen.

»Nun fütterst du ja zwei, wenn du ißt und trinkst«, kicherte die geliebte Närrin, »da muß ich dich wie ein rohes Ei behandeln.«

»Ein Spiegelei im Napf wäre mir lieber«, erwiderte ich, gutmütig schnurrend.

Für Überraschungen ist meine Julia immer gut. Auf keinen Fall war die Art voraussehbar, wie sie auf den Besuch bei der Tierärztin reagieren würde. Sie fing sich eine taufrische Neurose ein, die in dem häufigen Seufzer »Es ist zum Kinderkriegen« kulminierte, und hatte die Zwangsvorstellung, saure Gurken wären für sie gesünder als Pralinen. Uneingeweihte mußten zwangsläufig auf den Gedanken kommen, sie wäre trächtig und nicht ich.

Schon die erste Patientin, auf die wir nach der Rückkehr von der Tierärztin stießen, wurde mit meinem Liebesleben zugestopft. Julia schwafelte in der charakteristischen Manier der Halbgebildeten von Einzelheiten, die sie soeben gehört und absolut nicht verarbeitet hatte. Dabei entblödete sie sich nicht, gleich zwei Mal von einem Fehltritt zu reden. Mich verdroß das sehr. Um meine Moralapostelin zum Schweigen zu bringen, drohte ich, ihre geliebten Teerosen anzuknabbern, aber sie ließ sich weder durch Blick- noch Hautkontakt bremsen.

Wir kannten die Frau erst seit kurzem. Sie hieß passenderweise Ute Schwarz und war tatsächlich die begabteste Schwarzmalerin, die wir je in der Praxis hatten. Ständig suchte sie irgend etwas. Meistens ihr Taschentuch, Tabletten gegen Sodbrennen oder den Sinn des Lebens. Bisher hatte sie nach ihm in einem Kurs für Seidenmalerei geforscht, in einem wöchentlichen Literaturkreis und bei einem Guru aus Hindustan. Immer vergeblich. Julia riet ihr – recht klug, wie ich fand – zu Gesprächen mit ihrem Ehemann.

Ich hätte mich für Ute Schwarz überhaupt nicht interessiert, denn sie hatte weder Eigengeruch noch die Eigeninitiative, die geliebte Katze ihrer Therapeutin mit auch nur einem Achtungspräsent für sich einzunehmen. Allerdings hatte die geizige Langweilerin bei ihrem ersten Besuch geklagt: »Ich weiß selbst, daß ich aus jeder Mücke einen Elefanten mache, aber ich kann nicht anders.«

Als ich das erfuhr, versäumte ich keine Sitzung mit der Patientin Schwarz und nahm meinen Beraterplatz auf dem Schreibtisch ein, sobald sie an der Haustür klingelte. Mich faszinierte die Vorstellung, dieses armselige Geschöpf würde auf der Stelle und in unserem Wohnzimmer einen Elefanten produzieren – die umgekehrte Richtung mit dem Endergebnis Mücke fand ich freilich auch reizvoll. Bisher hatte es der Protzbrocken jedoch nur zu einer Primel gebracht, und die wetteiferte mit ihr, wer zuerst eingehen würde.

An dem Tag, als ich mit der kalten Makrele abgefunden wurde, gab es Kontrastprogramm pur. Zunächst verlief die Konsultation ohne besondere Vorkommnisse; Schwarzmalerin schniefte viel, weinte ein wenig und verlangte von uns eine Erklärung, weshalb sie am Leben wäre. Julia brachte es zu einer sauberen Vorstellung von Verständnis total und Sanftmut in Happen. Ich blieb stumm und hatte Hunger.

Nach der dritten Wiederholung von Julias Erlebnissen beim Tierarzt kamen die Dinge aber rasend in Fahrt. »Da ging der Punk ab«, wie sich ein siebzehnjähriger Patient auszudrücken pflegte, der Probleme mit seinem Vater hatte, einem Professor für deutsche Literatur.

Als Ute Schwarz erfuhr, daß Julia in einem »schwachen Moment«, wie sie ihre Sünde beschönigend untertrieb, an Abtreibung gedacht hatte, zündelte sie mit den Augen. Sie kramte noch länger als sonst und so eifrig wie eine im Akkord schuftende Wühlmaus in ihrer Tasche. Die ganze Zeit murmelte sie dabei unverständlich vor sich hin. Ich fragte mich bereits, ob die passionierte Verliererin ausgerechnet zwischen Lippenstift und Schlüsselbund den Sinn des Lebens zu finden hoffte oder den ersehnten Neuanfang, mit dem sie uns ständig traktierte.

»Hier«, sagte sie, »ich wußte doch, es steckt noch in

meiner Brieftasche. Schauen Sie mal, das waren die Kinder meiner Susi. Mein Gott, war das eine schöne Zeit.«

Minutenlang schwenkte sie ein Foto herum, als müßte sie sich Luft zufächern, und hielt es dann mir und schließlich Julia hin.

»Sie haben schon Katzen zur Welt gebracht?« fragte Julia.

»Die würde sich ein Kater noch nicht mal in höchster Not krallen«, höhnte ich.

»War eine Kleinigkeit, Frau Doktor, ich verlier so schnell nicht meinen Kopf.«

Von da ab hat Schwarzmadame nur noch mit ihrem Doppelkinn gewippt, mit den Händen gewedelt und soviel geredet, daß ich dachte, gleich würden ihre Lungen platzen. Kurioserweise sah sie plötzlich wie ein Mensch aus und nicht wie der Hase, der sich vom Igel Blamagen einbrockt.

Julia muß den Durchblick verloren und gedacht haben, sie wäre die Patientin; sie quasselte soviel, daß ich echt Angst hatte, sie würde zum Papagei mutieren. Zum Schluß hauchte sie auch noch widerlich devot: »Hoffentlich gehe ich Ihnen mit meinen Fragen nicht auf die Nerven, aber mir hilft es enorm, Ihnen zuzuhören.«

Der Satz war ein Meistertreffer. Schniefschnecke geriet total aus dem Häuschen und jubelte: »Das hat seit Jahren keiner mehr zu mir gesagt.«

»Dabei können Sie doch so anschaulich erzählen.«

Wenn etwas stimmte, dann das. Nach einer Dreiviertelstunde gab es nichts, das ich von der vermaledeiten Katze Susi nicht wußte. Muß ein ungemein apartes Tier gewesen sein, hörte aufs Wort, hatte nie eine eigene Meinung und ein Kitschgemüt hoch drei. Beim Kinderkriegen hat sich diese Katze, falls sie wirklich eine war, von Mama Ute das »Köpfchen« halten lassen und war ihr so dankbar, daß sie sogar Zeit fand, ihr zwischen den Wehen die Finger abzulecken.

»Wenn es so weit ist, dann rufen Sie mich, Frau Doktor, ich komm auch in der Nacht.«

»Das hab ich heute schon irgendwo einmal gehört«, kratzbürstete ich in Julias Richtung.

Die war jedoch wieder einmal so selbstverliebt in ihr vermeintliches Können und so glücklich, weil Frau Schwarz versprochen hatte, »sich endlich selbst anzunehmen«, daß sie sich aufführte wie ein Pfau im Hühnerharem.

»So ist's richtig«, lobte Sirupstimme, »wenn Sie erst erkannt haben, daß die unwichtigen Dinge die Termiten des Lebens sind, werden Sie sich Ihr Glück nicht mehr zerstören lassen.«

Mir übelte es. Ich floh in die Küche, um zu regenerieren, leckte die schmutzigen Teller vom Frühstück ab, sprang aus dem Fenster und ging Oliver suchen. Wer mit einer Therapeutin zusammenlebt und geistig gesund bleiben will, braucht von Kindern die Bestätigung, daß die Menschen wenigstens in der ersten Phase ihres Lebens richtig ticken.

»Schenkst du mir ein Baby von dir?« wollte Oliver wissen.

»Wenn deine Mutter es erlaubt.«

»Die nicht!«

»Sag ihr, du bekommst ein frühkindliches Trauma, wenn du deine Liebesfähigkeit nicht voll ausleben darfst.«

Wir lachten um die Wette, weil er den Satz nicht aussprechen konnte, jagten einen Schmetterling und dösten unter dem Kirschbaum, bis Julia mich mit einer angeblichen Überraschung weglockte; die entpuppte sich als Vitaminpille.

Bei ihrem nächsten Besuch war Frau Schwarz gewachsen. Sie hatte eine neue Blondfrisur mit Strähnen in Pink, die dazu passende Jacke und für mich ein selbstgehäkeltes Deckchen.

»Das legen wir in deine Wurfkiste«, gurrte das frischgefärbte Täubchen.

Julia entwickelte den Trick, mit den Patientinnen über meine Trächtigkeit zu tratschen, zur Methode. Ich ließ sie gewähren und blieb liebenswürdig, obwohl ich sehr schnell feststellte, daß viele Frauen Kinder mit Katzen verwechselten und mich mißbrauchten, um mit den »schwersten Stunden ihres Lebens« anzugeben.

»Warum werden eigentlich so viele Menschen kinderfeindlich, wenn sie dauernd vom Kinderkriegen reden?« fragte ich Julia.

Ich hätte wissen müssen, daß Frau Therapeutin Schwierigkeiten hatte, ein Thema aus soziologischer Perspektive zu behandeln.

»Ich bin dir ja so dankbar«, gestand sie. »Viele

Frauen haben ein Urbedürfnis, über Schwanger-
schaftserlebnisse zu sprechen. Wenn man selbst
keine Kinder hat, ist ein Zungenlöser wie du wirklich ein Glück.«

Das Lob hätte mir noch besser getan, wenn Julia
mir nicht immer mehr Sorgen gemacht hätte. Oft
fragte ich mich, ob sie nur Identifikationsprobleme
hatte, wenn sie eine halbgerauchte Zigarette aus-
drückte und schuldbewußt sagte: »Das ist nichts für
werdende Mütter«, oder ob sie bereits an einer aus-
gewachsenen Schwangerschaftspsychose litt. Sie
begann, wieder auf ihr Gewicht zu achten, und vor
allem gönnte sie sich abends weder ihre Fernsehkri-
mis noch Zeitungen. Sie lümmelte auf dem Sofa
herum und streichelte mich, als müßten wir uns fürs
Leben trennen. Statt Stefan zum Abendessen einzu-
laden, hätschelte sie ihre Verunsicherung, lernte das
Buch von der Tierärztin auswendig und las es mir
vor, wie der Scherzkeks ihr empfohlen hatte. Statt in
Ruhe zu verdauen, mußte ich mir meine Nerven mit
fellsträubendem Nonsens von »Katzendamen« und
ihrem »süßen Geheimnis« strapazieren lassen.

»Hör dir das an«, stöhnte Julia eines Abends. »Eine
größtmögliche Keimfreiheit erreichen Sie, wenn
Sie die gesamte für die Geburt und die ersten Tage
der Babys vorgesehene Wäsche gleich nach dem
Trocknen so heiß wie möglich bügeln.«

Mir langte es. Ich sprang aus dem Fenster. Sollte
Julia ruhig ein Weilchen denken, ich wollte Harakiri
begehen. Länger als medizinisch indiziert wegblei-

ben, wollte ich jedoch nicht. Ich verspätete mich nur, weil es zu einer Auseinandersetzung mit einer üblen Ratte kam.

Bei der Heimkehr erkannte ich endgültig, daß Julia nicht mehr bei Sinnen war. Die Ärmste glaubte, sie wäre rollig. Sie stand mit Stefan im Wohnzimmer und würgte ihn. Er aber schleckte sie ab und sie ihn. »Was soll das?« spuckte ich. »Bei der Tierärztin genierst du dich zuzugeben, daß Stefan unser Hausfreund ist. ›Mein Freund‹ hast du ihn nur genannt. Und jetzt machst du ihn zum Kater! Und da wir gerade am Abrechnen sind: Ich bin kein Findling. Ich war es, die dich adoptierte.«

»Da staunst du, was Prinzessin«, lachte Stefan. »Komm ruhig her und schau dir unser Glück an. Dir haben wir es ja zu verdanken.«

9.

*S*chon weil Julia von mir gelernt hat, bei Auseinandersetzungen spießige »Das-laß-ich-mir-nicht-gefallen«-Argumente zu vermeiden, trampelt mein kleiner Elefant nur noch selten in tiefe Fettlöcher. Im allgemeinen hat unsere Streitkultur ein ungewöhnlich hohes Niveau. Das macht mich – bei aller gebotenen Bescheidenheit – stolz.

Gelegentlich schnappe ich nämlich im Garten auf, wie roh und rücksichtslos ungeschulte Dummköpfe miteinander umgehen. Es handelt sich dabei fast immer um Hundebesitzer mit nicht ausgelebten Machtbedürfnissen, Heimwerker, denen eine Schraube fehlt, oder um ganz gewöhnliche Giftzwerge, die sich »aus Prinzip« nichts gefallen lassen und sich zeitlebens wundern, weshalb sie niemandem gefallen. Wenn ich miterlebe, zu welchen kränkenden Spitzenleistungen manche Leute fähig sind, nur weil ihre Ellbogen stärker entwickelt sind als Seele und Hirn, freut es mich immer doppelt, wie anders doch meine Julia ist.

Trotzdem habe ich ihr einmal in einem – im nachhinein gesehen – unbedeutenden Zwist vorgeworfen: »Du hast den IQ von Mickymaus.« Mir fiel diese Entgleisung ein, als ich gerade meine Megakrise durchmachte: Natürlich hat mich die unschöne Erinnerung noch mehr verunsichert, als ich es ohnehin schon war. Zumindestens einmal im Leben war nämlich meine Liebste so intelligent, wie ein Mensch nur sein kann, dem es dämmert, daß ein kummerkrankes Katzenherz nicht mit einem Stück Speck zu heilen ist. Das werde ich Julia nie vergessen.

Es war am Morgen nach dem Abend, als ich sie und Stefan beim Küssen erwischte. Angst und Weltschmerz würgten mich. Bestimmt waren meine Augen so getrübt wie mein Gemüt. Und ausgerechnet an diesem Tiefpunkt meines Daseins sagte Julia: »Guck mich bloß nicht so an, du brauchst wirklich keine falschen Schlüsse zu ziehen. Es bleibt alles so, wie es war. Für dich und für mich.«

Welch eine Erlösung! Wie schnell wurde ich wieder zutrauliches Kind und trostspendende Mutter in einem. Mein Kopf saß wieder fest auf den Schultern. Ich schnurrte Seligkeit. Ohne daß ich das heikle Thema überhaupt hatte erwähnen müssen, wußte Zuckerschnute Bescheid. Wie feinfühlig spürte sie, daß eine Katze nichts mehr verabscheut als das entwürdigende Spiel auf der zweiten Geige. In diesem Moment ihrer Bewährung liebte ich Julia noch viel mehr als mich selbst.

Diese hochbegabte, einfühlsame, kluge Therapeutin war so sensibel, daß ich noch nicht einmal das

katzendiffamierende Wort Existenzangst leise raus-
gemiaut hatte. Sie hatte mir die Blamage erspart,
meine Seele zu entblößen. Die souveräne Meisterin
des analytischen Verstands konnte sogar Fragen beantworten, die ihre Patienten noch nicht gestellt
hatten.
Ich schaute Julia in die Augen und sagte: »Ich werde
dir alles erzählen.«
Demut und auch die Fairneß geboten es. Diese
Pfundsfrau hatte einen legitimen Anspruch auf einen
ausführlichen Bericht von der schlimmsten Nacht
meines Lebens. Ich hatte eine Depression hinter mir,
die ich noch nicht einmal einem dieser publicitygei-
len Kampfköter wünsche, die sich voll bei allen Medien eingebissen haben. Im Rückblick betrachtet,
war es eher meine Phantasie, die ich in einer für mich
atypischen Weise überkochen ließ, doch das wurde
mir erst im therapeutischen Gespräch klar.
Ich hatte zu menschlich reagiert. Nach der Super-
stimmung des Abends mit Sekt und vollmundi-
gem Kaviar (Beluga) geriet ich in einen Zustand,
den Julia in der Praxis salopp als »Durchhänger«
bezeichnet. Beklagenswerterweise habe ich mich
dabei auf die Stufe von Tränentieren begeben, die
mit der Fähigkeit protzen, aus Mücken Elefanten zu
machen. Und als ich meinen Kuschelplatz im Bett
besetzt sah, war es um mein Selbstbewußtsein und
meinen Stolz geschehen. Von diesem Moment an
konnte ich nicht mehr nüchtern genug denken, um
die Dinge nur vom Verstand her zu werten.

»Verstehst du das?« fragte ich.

Julia hat nur genickt und mit einer Haarsträhne gespielt. Sie hat mich nicht gedrängt, obwohl ich sehr deutlich sah, daß sie standeswidrig neugierig war. Ich merkte aber ihre Anteilnahme. Das hat mich ermutigt weiterzureden.

Mich hatten die Aussichten auf eine dieser mathematisch fragwürdigen Dreierbeziehungen enorm beunruhigt. Wenn ein zartes, liebesbedürftiges Unschuldsgeschöpf die gewohnte Streichelhand mit einer Drittperson teilen muß, wird es zum Mauerblümchen.

»Was nutzen da noch gutes Futter und der gesicherte Arbeitsplatz?« fragte ich.

Julia nickte abermals und nahm mich auf den Schoß. Ohne mich zu schonen, erzählte ich ihr, wie ich fröstelnd auf dem Sofa gekauert und versucht hatte, meine Sorgen im Schlaf zu ersticken. Immer wieder aber waren mir jene verwirrenden Details zum Thema Mann eingefallen, die ich Tag für Tag in der Praxis zu hören bekomme.

Voller Qual hatte ich mir ausgemalt, was passieren würde, wenn Stefan fortan sein Leben mit mir und mit Julia das Bett teilen wollte. Natürlich respektiere ich diesen Freund und Helfer in jeder Not. Mehr noch: Ich liebe ihn. Ihm verdanke ich meinen wunderschönen Namen. Er nennt mich »Prinzessin«. Er hat von Anfang an für die Zukunft meiner ungeborenen Kinder gekämpft.

Was aber, fragte ich mich in dieser fetzenden Nacht,

wenn er doch ein Mann wie jeder andere war? Dann würde der saubere Herr jeden Morgen auf die Tube drücken und mein Badezimmer mit Zahnpasta verschmieren. Oder Contrabaß spielen wollen statt Skat. Am Ende hatte er sich bei mir nur verstellt und schwärmte für deutsche Doggen.

Im Grunde war Stefan absolut nicht der Typ, der Kuckuckseier in gemachte Nester legt, aber vielleicht ging es ihm doch nur um geregelte Mahlzeiten, die bisher auf meinen Geschmack zugeschnitten waren, und um Julias Waschmaschine. Bei genauer Überlegung gab es gar keinen Zweifel, daß dieser Knutschkasper meine Geliebte für sich beanspruchen würde, sobald er in meinem Bett schnarchte.

»Es wäre aus gewesen mit uns beiden, wenn es so gekommen wäre«, seufzte ich.

»Du kleines Dummerchen«, sagte Julia, »weshalb bist du denn so aufgeregt?«

»Das Frühstück«, fuhr ich fort, »hat mir heute nicht richtig geschmeckt, die Morgengymnastik im Garten hat nichts gebracht, obgleich ich sie dringend nötig habe. Meine Pfoten tun mir jetzt noch weh.«

»Du wirst mir doch nicht krank«, sagte Julia, »ich hab noch nie erlebt, daß du dein Futter stehen läßt.«

Im Garten hatte ich große Angst gehabt, ins Haus zurückzugehen und mitansehen zu müssen, wie Macho-Stefan sich im Badezimmer breitmachte. Er war fort, aber Julia komplett durchgedreht. Obwohl es ein Sonntag war, hatte das niedliche Morgenmuffelchen, nicht in ihrem Vertrauen spendenden Bademantel gesteckt, sondern in zu engen Jeans und einem weißen T-Shirt mit einem geschmacklosen rosa Herz auf der Brust. Sie hatte den Mop geschwenkt und das albernste Lied aus dem Musical »Cats« geträllert.

»Mir war klar«, warf ich ihr vor, »du würdest mir gleich beichten, daß du nicht nur mich liebst. Emanzen wie du finden ja Treue total out.«

»Erzähl mir nur alles«, drängte Julia.

»Ich war so aufgeregt«, gestand ich, »daß ich am liebsten auf der Stelle meine Kinder bekommen hätte. Falls du es noch nicht wissen solltest, Katzen können das.«

»Komm, meine Kleine, ist ja alles gut. Ich glaube, du warst gestern doch ein wenig eifersüchtig.«

Ich hätte ihr für diese Bemerkung die Augen auskratzen müssen, habe jedoch nur gegrinst. So kannte ich meine Julia, herzensgut, aber einfältig. Sie tat und sagte manchmal zwar etwas leidlich Kluges, aber therapeutisch gesehen war die richtige Erstdiagnose doch nur ein Zufallstreffer gewesen.

Eifersüchtig war ich noch nie und werde es mein Lebtag nicht sein. Katzen sind Persönlichkeiten. Sie verachten Eifersucht. Uns genügt völlig, was wir in dieser Beziehung von den Menschen wissen. Othello ist da ein gutes Beispiel.

»Kannst du dir denken«, fragte ich die miese kleine Lästerziege, die nicht davor zurückschreckte, mir Dinge zu unterstellen, an die ich noch nicht einmal im Traum denken würde, »kannst du dir wirklich vorstellen, daß ich dich erwürge, nur weil Stefan sich die Nase mit dem Taschentuch putzt, das ich dir geschenkt habe?«

Eins zu Null für Julia, denn sie ließ den Fehdehandschuh glatt liegen und klimperte mit den Augenwimpern. Der kokette Schachzug hätte von mir sein können.

»Weißt du«, lachte Cleverle, »Stefan und ich sind gebrannte Kinder. Jeder ist glücklich, daß es den anderen gibt, aber wir wollen beide unsere Selbständigkeit nicht aufgeben. Das haben wir von dir gelernt, Frau Mama. He, warum reißt du denn an meiner Hose?«

»Weil Stefan der allerbeste Mann auf der ganzen Welt ist«, maunzte ich. »Ich wußte doch gleich, daß er mich nicht von meinem Platz verdrängt.«

Es wurde ein schmusiger Sonntag vormittag mit Sardellenbutter und Salm zu einem Superbrunch. Ich saß auf dem Platz von meinem heißgeliebten Stefan und pfotete im Sahnekrug. Julia kicherte, trank den letzten Schluck Sekt aus und nieste. Ich schleckte den Rest ihres Rühreis auf und nieste zurück (wahrscheinlich hatte ich zu viele Glückshormone im Hirn).

Nachdem mir Frau Doktor die tägliche Ration aus ihrem Katzenbuch vorgelesen und ich aus Dankbarkeit so aufmerksam zugehört hatte, als würde mich der Quatsch tatsächlich etwas angehen, sahen wir uns im Fernsehen einen alten Film an – mir zu

Ehren war die Heldin eine Katze mit magischen Kräften, die zwei Menschen zu einem späten Glück verhalf. Das Ende fand ich zu überdreht und sehr unrealistisch.

Satt und frisch verliebt in meine bezaubernde Julia, holte ich den versäumten Schlaf nach. Eine Partnerin, auf die man sich verlassen kann, ist ein ebensogutes Ruhekissen wie ein reines Gewissen.

»Willst du denn heute überhaupt nicht in den Garten«, drängte Julia später, »du brauchst jetzt viel Bewegung.«

Sie war wieder ganz die Alte, total rührend mit ihrem unkompensierten Mutterkomplex. Ich beruhigte sie mit zwei heißen Schleckerli und verabschiedete mich, ehe sie vulgär werden konnte und sagen würde: »Es ist ein Tag zum Eierlegen.«

Noch ehe ich den halben Weg zur Tanne zurückgelegt hatte, sah ich einen Mann am Gartenzaun stehen. Schon das war ungewöhnlich. Kaum ein Mensch, der nicht gerade einen Stein im Schuh hat, nimmt sich die Zeit, um stehenzubleiben und zu leben. Dieser aber stand mit einer großen Tasche am Zaun und starrte mit der Meditationsgabe einer Katze vor sich hin. Sein Kopf steckte unter einem breitrandigen Hut, doch ich konnte seine Augen sehen. Sie waren so blau wie die meinen.

Noch auffallender war, daß dieser gutbehütete Zeitverbraucher redete, obgleich er ganz allein auf der Straße war. Ich schätze Menschen sehr, die sich selbst etwas zu sagen haben, und bin absolut nicht

Julias hausbackener Ansicht, daß es sich in deren Fall um Persönlichkeitsspaltung oder Identitätsverlagerung handelt.

Ich lief langsam, als ginge der Hutmann mich nichts an, zum Zaun und stellte fest, daß er sich mit einer Butterblume unterhielt. Das gefiel mir ungemein. Männer, die mit Blumen sprechen, trifft man ja nicht alle Tage.

»Na, Pussy«, grüßte er freundlich, »du hast's gut. Wohnst in einem schönen Garten und kannst in jeden Apfel beißen.«

»Sissi«, verbesserte ich, »und die Äpfel sind noch lange nicht reif.«

Er blieb bei »Pussy« und kam auf die Äpfel nicht mehr zurück, doch ich nahm ihm das nicht übel. Es wäre ja auch vermessen gewesen zu erwarten, daß Hutmann auf Anhieb auf mich eingehen wollte, nur weil er mich an Oliver erinnerte und blaue Augen hatte.

Er muß jedoch gemerkt haben, daß ich keine alltägliche Katze bin, denn er begann sofort, mir von sich zu erzählen. Er neigte zur Ausführlichkeit, und vieles hat mich nicht sehr interessiert, ich hörte aber doch mit gebotener Höflichkeit zu und sagte mir: »Einmal Therapeutin, immer Therapeutin.«

»Ich bin Maler«, berichtete Hutmann.

Obwohl sich Vorurteile in meinem Beruf nicht ziemen, wehrte ich buckelnd ab. Ich verabscheue Maler. Sie stinken nach Farbe, rupfen die Wände kahl, gehen an die Decke und verschleppen die

Möbel in Räume, in die sie nicht gehören. Bis zu dem Moment, da der Maler das Haus verläßt, kleistert er Chaos und trinkt Bier. Wir hatten gerade unsere Küche renovieren lassen.

»In diesem Garten könnte ich prima malen«, sagte der Mann mit den blauen Siamesenaugen sehnsüchtig, »jetzt im Frühling hat er das beste Licht.«

»Das fehlt gerade noch. Mir den Garten einzusauen«, hißte ich und lief fort, ohne mich zu verabschieden.

Ich kontrollierte gerade den Safe und schlug mit einer Pfote nach dem Bild davor, als mir meine Voreiligkeit bewußt wurde. Ich hatte mich wirklich kuhdumm benommen. Mein Kopf wurde steinschwer, und mir war elend appetitverderbend zumute. Der fein gedünstete Rotbarsch, für den ich selbst am Nordpol sofort den Platz an der Ofenbank aufgeben würde, schmeckte wie alte Maus.

Wie konnte die Gefährtin einer künstlerisch so interessierten Frau, wie Julia es war, auch nur einen Augenblick vergessen, daß es zweierlei Arten von Malern gibt? Nur die Eimerschlepper und Leiterakrobaten klecksen Wände voll, die anderen veredeln Papier. Wer so oft wie ich Julia und Stefan beim Wändegaffen belauscht, muß einfach wissen, daß Bildermaler phantasievolle Künstler sind. Die laufen meilenweit für einen Regenbogen. Sie freuen sich an jedem Baum und jedem Käfer. Für schöne Frauen schwärmen sie alle, und Nackte haben sie zum Fressen gern.

Ich schämte mich sehr, daß der freundliche Hutmann mich für eine vollkommen ungebildete und kulturlose Katze halten mußte. Noch in der Nacht nahm ich mir vor, mich bei ihm zu entschuldigen. (Fehler zuzugeben, ist ein rein menschliches Charakteristikum, doch finde ich es karriereförderlich, im Bedarfsfall ein Quentchen vom eigenen Stolz zu unterdrücken.)

Beim Frühstück war ich bester Laune. Der Buttertoast mundete noch besser als mein Entschluß, mich selbst zu überwinden. Jedes Schnurrhaar sagte mir, daß ein Mann, der mit Butterblumen sprechen konnte, Verständnis für mich haben und mir verzeihen würde. Auch wenn die Menschen als Besserwisser beneidenswerte Naturtalente sind, brauchen sie doch ebensosehr die Bestätigung, daß es nicht sie waren, die sich irrten, wie Katzen Zärtlichkeit und Hunde Knochen brauchen. Viele Leute erleben sogar euphorische Zustände, wenn sie verzeihen dürfen.

Den ganzen Montag hielt ich nach meinem Hutmann Ausschau, doch er kam nicht. Einmal war ich sicher, er würde am Zaun stehen, und hetzte in den Garten. Der Hut, den ich gesehen hatte, war aber nur eine große braune Tüte, der Tütenfritze ein besonderer Fiesling mit einem jungen Dackel, der zu dämlich war, sein Bein zu heben.

»An unserem Tor nicht«, keifte ich.

Der Hundeverschnitt erschrak so sehr, daß er mitten auf dem frischgefegten Bürgersteig eine Pfütze hinwinselte. Sein sauberes Herrchen hatte die Stirn, das Dreckviech zu loben und sagte: »So ist's brav, Waldi.«

In meiner Wut und voller Enttäuschung, daß ich mich geirrt hatte, schlug ich nach den beiden, erwischte jedoch nur die Tüte. Ich nahm mir vor, mich den ganzen Dienstag auf die Lauer zu legen und die beiden, falls sie sich noch einmal an unseren Zaun wagen sollten, über Besitz und Eigentum aufzuklären.

Um die Mittagszeit wurde meine Ausdauer endlich belohnt. Hutmann stand am Tor. Ich lief zu ihm hin und schnurrte so laut los wie ein rücksichtsloser Rasenmäher morgens um sieben. Er kam sofort zur Sache. Sonst vermeide ich überstürzte Entwicklungen, aber es gibt ausnahmeverdächtige Sonderfälle. Dieser war einer.

»Ich würde so gern in deinem Garten malen«, bat Hutmann.

»Und?« fragte ich vorsichtig zurück.

»Ich wette, du kannst mir das Tor aufmachen, wenn du willst. Von Katzen versteh ich was.«

»Ich von Menschen.«

»Danke«, sagte Hutmann, »falls das ein Kompliment sein sollte.«

»Es sollte.«

Sein Lachen kitzelte meine Ohren. Die Augen feuerten goldene Sterne. Er sprach über sich und die Bilder, die er malte, und nannte sie seine Kinder. Mir gefiel das. Mir gefiel auch seine Stimme – nicht

172

zu laut und nicht devot leise. Wenn er »sie« sagte, meinte er die Sonne; wenn ich »er« sagte, sprach ich vom Kirschbaum. Es gab kein einziges Mißverständnis.

»Ich habe lange nicht mehr mit so einer klugen Frau geredet«, sagte er, nahm den Hut ab und verbeugte sich vor mir.

Jedes Wort unserer Unterhaltung war animierend wie Schlagsahne mit einem Schuß Vanillezucker. Es waren dieser schaumgebäckleichte Austausch von Freundlichkeiten und die ausgewogene Mischung von Distanz und Vertraulichkeit, die mich für Hutmann einnahmen. Ich fühlte, daß es sich lohnen würde, ihm in die Seele zu schauen.

»Schön«, schlug ich vor, »ich mach das Tor auf.«

»Keine Angst vor dem bösen Onkel?«

»Böse Onkel haben Bonbons und reden nicht mit Katzen. Aber ich will trotzdem keinen Ärger. Menschen sind sehr mißtrauisch.«

»Wem sagst du das?«

»Du mußt alles machen, was ich dir befehle. Versprichst du mir das?«

»Versprochen, heiliges Ehrenwort.«

»Ich werde dich unter der Tanne verstecken.«

Katzenpfotenleicht lief Hutmann hinter mir her. Wir setzten uns unter den Baum. Er streichelte mit den Augen einen Schmetterling auf einer gelben Tulpe und kraulte mich. Seine Hände hatten das richtige Verwöhnaroma. Allein der Gedanke, die schöne Zärtlichkeit könnte je enden, mißbehagte mir, aber um der Kunst willen erlaubte ich ihm, mit seiner Arbeit zu beginnen.

»Meine Muse«, sagte er.

»Ich heiß nicht Muschi«, stellte ich klar, »pack endlich deine Tasche aus!«

Hutmann legte silbern schillernde Tuben und eine herrliche Kratzeleinwand auf den Rasen. Jeder Pinsel war seidenfein und pfotengut. Es war der letzte Tag im April und maiwarm. Er nahm seinen Hut ab; schwarze Schattenkreise tanzten auf seinem Kopf. Wir saßen ein wenig voneinander entfernt, doch als er die kleinen Tuben auszupressen begann und sie zu Farben mischte, die meine Augen noch nie gesehen hatten, drückte ich meinen Körper an sein Knie.

»Schön«, lobschnurrte ich, »wunderschön.«

»Du verstehst etwas von Malerei?«

Ich erzählte ihm, während er für mich den rubinroten Schmetterling auf der gelben Tulpe malte, von dem Mädchen mit dem Strohhut, das Julia liebte. Vom Safe habe ich natürlich nichts verraten.

»Renoir«, sagte er.

»Woher weißt du?« wunderte ich mich.

Bärchen lachte.

Ich fragte ihn, weshalb er die Katzensprache so gut verstehen könnte.

»Weil ich ein Narr bin«, sagte Hutmann. »Zumindestens halten mich die Leute für verrückt, wenn du weißt, was ich meine, du wunderschönes Tier.«

Wer meine Schönheit preist, kann gar nicht verrückt

sein. Eine Zeitlang dachte ich über Kinder, Narren, Wahrheit und Schönheit nach. Mir fiel ein, während ich so entspannt denkelte, ich könnte zum Dank für das hübsche Kompliment Hutmann den Mäuserich aus dem großen Loch direkt unter dem Stamm der Tanne fangen. Einen besseren Zeitpunkt für meinen Plan hätte ich nicht wählen können.

Fettwanst, der nicht nur in sich hineinstopft, was er kriegen kann, sondern auch lebensbedrohlich neugierig ist, kam wie gerufen an. Ich sprang auf ihn zu, doch ich erwischte nur den Zipfel seines zu kurzen Schwanzes. Mein Körper war zu schwer geworden und momentan jagduntauglich. Das wurmte mich, und ich sprang noch einmal.

»Laß sie leben«, sagte Hutmann, »Mäuse sind auch nur Menschen.«

Offenbar war er tatsächlich verrückt, aber harmlos. Weil nichts so sehr erschöpft wie entgangene Beute, kuschelte ich mich in einen Flecken hohes Gras, kaute an einem Halm und löste Rätsel. Ich wollte dahinterkommen, weshalb ein Maler so oft die Augen auf und wieder zumacht. Nach einiger Zeit aber legte ich mich auf dem Rücken in die Sonne und streckte ihr meinen Bauch entgegen. Meinen Hinterkopf bettete ich auf einen kleinen Ast. Ich merkte, wie aufmerksam Hutmann mich beobachtete. Jeden seiner bewundernden Blicke habe ich genossen.

»Olympia«, sagte er und männerschnalzte mit der Zunge. »Du siehst aus wie Olympia. Dir fehlt nur die Blume im Haar und das Armband.«

175

»Ich heiße Sissi«, erwiderte ich, »das könntest du doch endlich mal kapieren.«

»Vielleicht denkst du auch, daß ich verrückt bin«, lenkte er ein, »aber ich möchte dich malen. Darf ich?«

Ich war heißgeschmeichelt, wollte jedoch Zeit gewinnen. »Heute?« fragte ich.

»Wenn du willst, auch morgen. Ich hab Zeit. Es gibt Maler, die ein ganzes Leben auf das richtige Modell warten.«

»Mach das Tor zu, wenn du gehst. Julia hat mich gerufen.«

Das stimmte nicht, aber ich wollte mich erst einmal in Ruhe analysieren. Sympathie und Vertrauen waren nur eine Seite der Medaille. Die andere: Ich zögerte, mich vorschnell auf einem Gebiet zu engagieren, über das ich nicht umfassend Bescheid wußte. Ich konnte ja noch nicht einmal beurteilen, ob es eine berufliche Verpflichtung sein würde, wenn ich mich malen ließe, oder ein Vergnügen.

Julia war in der Küche. Ich hätte mich gern bei ihr erkundigt, ob sie je von Malern gehört hatte, die Katzen malten. Wie aber hätte jemand, der sich schon mit simplen Befehlen schwertat, eine so diffizile Frage verstehen sollen? Gnädigste sah mich an und schwenkte hysterisch ihren Kochlöffel.

»Sag mal«, gackerte sie, »wie siehst du denn aus? Hast du neuerdings ein Verhältnis mit einem Maler?«

»Donnerwetter«, knurrte ich.

»Deine Schwanzspitze ist grün, und auf der linken Pfote hast du einen gelben Klecks.«

Die gute Julia war seit unserer befreienden Aussprache zwar wieder geistig fit, leider aber wieder einmal bescheuert putzwütig. Es gelang ihr, im Handumdrehen eine Partnerschaftskrise herbeizuhexen. Sie rieb meinen Schwanz und meine empfindlichste Pfote mit dem Teufelszeug ab, das sie sonst benutzt, um den roten Lack von ihren Fingernägeln zu entfernen. Ich war so aufgebracht, daß sie mir noch vor dem Abendessen ein Stück Aal (eher ein Stücklein) als Gaumenschmeichler servieren mußte.

Ich habe mich von Hutmann malen lassen. Zunächst nur, weil ich die Termine für die Sitzungen ausgezeichnet mit meiner Arbeit in der Praxis koordinieren konnte und ich gespürt habe, daß Künstler ebensowenig Zurückweisungen ertragen können wie Katzen. Sehr bald hat mir mein uneigennütziger Entschluß jedoch selbst große Freude gemacht. Es war so stimmungsaufhellend mitzuerleben, wie ein Bild entsteht und wie innig das Verhältnis zwischen Maler und Modell wird. Er ließ sich von mir alles sagen und bettelte um meine Kritik.

»Mein Fell hast du wirklich gut hingekriegt«, lobte ich am dritten Tag.

»Du hast kein Fell. Du trägst eine Robe aus cremefarbener Seide.«

Dieser ungewöhnliche Mann war ein Wahrheitsfanatiker. Das machte ihn so liebenswert und menschlich wertvoll. Wie gut hat mir seine Bewunderung getan. Der begnadete Künstler malte mein Gesicht fast so schön und sanft, wie es in Wirklichkeit ist. Sehr apart war die rosa Schleife am Ohr, wie standesgemäß das goldene Armband. Ungemein graziös lag ich auf dem weißen Laken. Wie mein Herzensfreund jedoch auf die Idee kam, eine zweite Katze mit Blumenstrauß in der Pfote und einem rosa Käppchen zu malen? Noch dazu eine Schwarze mit breitem Maul.

»Das ist deine Zofe«, erwiderte er, als ich ihn danach fragte.

Genau in dem Moment, als ich ihn wissen lassen wollte, daß gerade ich viel Verständnis für künstlerische Freiheit hatte, tauchte Julia auf. Wie eine Furie stand sie am Baum und bellte: »Wie in aller Welt sind Sie hier hereingekommen? Was machen Sie überhaupt?«

»Ich male Ihre herrliche Katze.«

Es spricht für Julias Kunstsinn, daß sie sich sofort beruhigte, als wir ihr das Bild zeigten. Eine Zeitlang machte sie ihren Mund immer nur auf und zu. Dann aber sagte sie mit süßem Seufzer: »Mein Gott, wie schön. Das ist ja genau nach Manet. Sie haben meine Sissi als Olympia gemalt.«

»Ich bin Manet«, erklärte Hutmann, »Edouard Manet. Darf ich mein Bild in Ihrem Garten zu Ende malen?«

»Monsieur«, erwiderte Top-Julia, »es wird mir eine Ehre sein.«

Als sie abends Stefan alles erzählte, war sie leider weniger gescheit und behauptete, Hutmann sei krank und auch nicht Manet.

»Das ist ärztlich nicht zu verantworten«, widersprach ich, »du hast doch kaum mit ihm gesprochen.«

»Guten Appetit«, sagte Frau Doktor.

10.

»Nenn du mich ruhig Edi«, erlaubte mir Manet. »Das dürfen nur meine Freunde.«

»Nie«, wehrte ich ab. »Du bist doch nicht einer dieser verkorksten Rehpinscher.«

Er lachbrüllte und stimmte mir zu. Ich fand die Verniedlichung plump. Sie hätte nur die Einzigartigkeit der Welt, in der wir beide gelebt hatten, auf sehr vulgäre Art befleckt.

An dem unvergeßlichen Abend der Vernissage sprach ich von meinem Entdecker nur als Manet. Wenn ich ihn anredete, folgte ich Julias Beispiel und sagte: »Monsieur.« Mir tat es leid, daß sie nicht mitbekam, wie mühelos ich ein Wort aussprechen konnte, das im Siamesischen selten gebraucht wird. Katzentaube Julia und sprachunbegabter Stefan haben die Finessen der Unterhaltung zwischen mir und Manet ohnehin nicht goutieren können. Bestimmt dachten sie auch, sie seien klüger als wir beide zusammen; ich ließ sie in ihrem Kinderglauben. Gegenüber Menschen, die nur ihre eigene Sprache einwandfrei beherrschen, muß man tolerant sein. Besonders dann, wenn man sie total um ihrer selbst willen liebt. Da kommt es wahrhaftig nicht auf eine flexible Intelligenz an.

Wann immer sich Manet mit mir unterhielt und seine Antworten sich natürlich nicht auf die Fragen der beiden reimten, waren sie keinen Deut besser als die anderen Leute, die meinen geliebten Magier für verrückt hielten. Mehr als einmal wurde Frau Doktor professionell und zog ihre große Teilnahme-Show ab. Stefan, der die Fachausdrücke längst nicht so gut versteht wie ich, starrte so auffällig in seinen Suppenteller, als wollte er ein Referat über die gesunden Eigenschaften von Dill halten. Ich mußte ihn zwei Mal mit einem Schubser ermahnen.

An einem der schönsten Abende meines Lebens waren solche Alltäglichkeiten jedoch eigentlich nur Peanuts. Wir feierten die Fertigstellung des Gemäldes. Noch stand es mit einem Tuch verdeckt auf der Staffelei an der linken Wand des Eßzimmers. Direkt unter dem Safe.

»Ah, die Konkurrenz ist auch schon da«, sagte Manet, als er sein Bild hinstellte.

Er hatte sich zunächst wie ein phlegmatischer Kater gesträubt, der den Platz auf dem Sofa räumen soll, als Julia ihn eingeladen hatte. Richtig verlegen war er gewesen und hatte gestammelt, er hätte für solche Gelegenheiten nicht die passende Kleidung. Zum Glück aber hatte Julia spontan auf meinen Bitte-Bitte-Blick reagiert. Sie überredete diesen größten Maler aller Zeiten mit einem so logischen Argument, wie ich es ihr nie zugetraut hatte.

»Monsieur«, hatte sie gesagt, »wer solche Bilder malt wie Sie, braucht keine passende Kleidung. Tun Sie meiner Sissi den Gefallen, und schenken Sie uns den einen Abend.«

Manet kam in einem tulpenstrahlenden Gelbhemd mit schwarzem Halstuch und dazu farblich genau abgestimmten Fingernägeln. Ich fand, er sah viel augeninspirierender aus als Stefan in seiner grauen Strickjacke. Selbstverständlich überließ ich Monsieur beim Essen den Stuhl mit der bequemen Armlehne zum Kopfabstützen. Es war wirklich charmant, wie er mir dankte. »Aber ich kann doch nicht am Kopf der Tafel thronen«, sagte er, »dieser Ehrenplatz gebührt meiner Olympia.«

Schon bei der gelungenen Spargelcremesuppe mit den wippenden Sahnehäubchen entkrampfte sich die Stimmung so gut, als hätte das Trio den ganzen Tag und mit Erfolg Julias berühmtes »Seelebaumel«-Rezept ausprobiert. Ich sorgte für den ersten Animierhit, indem ich meine Pfote in Stefans Suppe tunkte und sie sehr viel sorgsamer als eigentlich nötig am Tischtuch abrieb.

Julia kreischte wie eine Legehenne mit Verstopfung, Stefan wedelte toreromäßig mit der Serviette, und ich sagte: »Kein Problem mit dem neuen Persil.« Manet verschluckte sich beim Lachen so am Rotwein, daß Julia ihn wie einen ihrer Teppiche beim Frühjahrsputz ausklopfen mußte. Danach lief alles primissima.

Es gab Forelle – zum Glück nicht blau, sondern in

Butter und Mandeln gebraten –, Kullererbsen und sehr feine Kartoffelbällchen. Der einzig wunde Punkt war das Dessert: Obstsalat und noch dazu in Maraschino. Beim Cappuccino sagte Stefan: »Bitte, Monsieur, jetzt ist der große Moment gekommen. Enthüllen Sie für uns Ihr Bild.«

Einen Moment dachte ich, der gute Stefan, der ja nur Architekt und abends öfter überarbeitet ist, würde eine Bildenthüllung mit einer Schiffstaufe verwechseln, denn er hatte eine Flasche Sekt in der Hand. Manchmal traue ich ihm eben aber nicht genug zu. Er füllte absolut souverän die Gläser und sagte zu Manet: »Auf Ihr Wohl.«

»Das ist zuviel Ehre für einen Mann wie mich«, erwiderte Manet. Er beugte sich zu mir hinüber und flüsterte mir zärtlich zu: »Du mußt dein Bild enthüllen.«

»Warum ich? Die erwarten das doch von dir, Monsieur.«

»Die Schönheit kommt von dir. Ich war der Handwerker und habe nur gemalt, was ich sah. Ich bitte dich, tu's für mich.«

Ich bin keine Zierkatze. Wenn ich merke, daß ein Mensch es ernst mit seiner Bescheidenheit meint und daß er auch noch goldrecht hat, fühle ich mich sogar zur spontanen Tat verpflichtet. Ich sprang vom Stuhl, lief zu dem Bild und riß mit beiden Pfoten an dem Laken. Um ein Haar hätte mir Julia im letzten Moment noch die Schau geraubt, aber weil sie spürbar besorgt sagte: »Du kannst dir weh tun, wenn das Ganze auf dich fällt«, ließ ich sie die Staffelei halten.

Selbst Babbel-Julia verstummte, als sie das fertige Bild sah. Obwohl ich es ja vom ersten Pinselstrich her kannte, wirkte es jetzt, wie es in unserem Eßzimmer stand und von der Stehlampe beleuchtet wurde, noch prachtvoller und farbenlustiger als im Garten.

»Olympia, wahrhaftig Olympia«, sagte Julia, nahm mich auf den Arm und hielt mich vor mein Porträt.

»Es ist faszinierend, wie Sie das hinbekommen haben«, sagte Stefan und fummelte an der Krawatte herum, die er gar nicht anhatte, »dieses Bild müssen Sie unbedingt rahmen lassen. Dann wird es Ihnen aus der Hand gerissen.«

»Woher soll ein Mann wie ich das Geld für den Rahmen herhaben?«

Wenn Menschen einmal das Wort Geld gesagt haben, beißen sie sich heißbackig und händewedelnd an dem Thema fest wie ein Hund an einer Kalbshaxe. Das war auch jetzt so. Mich interessiert Geld nicht sonderlich. Ich finde, es reicht, wenn genug da ist, um eine Katze standesgemäß zu ernähren. Das sagte ich auch, doch merkwürdigerweise hat mir noch nicht einmal Manet zugehört. Er redete nur noch über Preise und daß gute Farben unerschwinglich seien.

Ich war enttäuscht, doch nur bis zu dem Augenblick, als er mich anschaute und sein linkes Auge zukniff. Da habe ich sofort begriffen, daß der Ärmste

Hemmungen hatte, Menschen wie Julia und Stefan die Dinge zu erklären, die er mir erzählt hatte. Wie hätte auch Julia, die sich schon den Bademantel anzieht, wenn es nur an der Tür schellt, auch je begreifen können, weshalb Olympia sich nackt auf den Diwan legt und sich von ihrer Zofe Blumen bringen läßt?

Beruhigt döste ich vor mich hin und schlief mit dem Gedanken ein, daß Julia sich eigentlich auch einmal appetitstimulierende Blumen ins Bett nehmen könnte statt immer nur Stinkzeitungen und Bücher. Als ich aufwachte, laberten die drei immer noch vom Geld.

»Wollen Sie uns das Bild nicht verkaufen?« fragte Julia gerade.

Manet war total plattgebügelt. Ich dachte, er würde gleich ersticken und müßte wieder ausgeklopft werden. Erst wurde sein Gesicht so gelb wie sein Hemd und dann radieschenrot.

»Ich, mein Bild verkaufen?«

»Ja, Sie würden mir eine große Freude machen.«

»Mir auch«, sagte Stefan. Er hatte seine kartoffelsuppedicke Stimme, und bei ihm bedeutet das immer Ernststufe eins.

»Ich habe noch nie ein Bild verkauft«, sagte Manet, »wir Maler denken ja gar nicht ans Geld.«

Danach sagte jeder der drei immer wieder das gleiche, nur jedes Mal ein bißchen lauter. Der Nonsens hoch drei lief aber stets nur darauf hinaus, daß Julia das Bild haben und Manet es ihr nicht geben wollte.

Ich merkte, wie es ihm immer unbehaglicher wurde, und sah ihn mit dem Blick an, den Julia ziemlich dumm steinerweichend nennt – sie müßte längst gecheckt haben, daß große Flehaugen auf das Herz zielen.

»Du auch?« fragte mich Manet.

»Ja.«

Es hat nur einer mein Flüstern gehört, und diesem einen setzte ich mich so lange auf den Schoß, bis sich alle drei einig wurden. Manet hat sich allerdings bei den Verhandlungen dämlich benommen und Julia für meinen Geschmack zu verschwenderisch, aber das Ergebnis freute mich dennoch. Als Manet sich entschlossen hatte, mir das Bild zu schenken, wollte er nämlich nur fünfzig Mark plus Materialkosten.

»Das kommt gar nicht in Frage«, sagte die kleine Großschnauze und klatschte in die Patschehändchen. »Unter fünfhundert geht nichts.«

»Dafür könntest du mir jeden Tag russischen Kaviar kaufen«, warnte ich sie, »du bist ja komplett verrückt.«

Manet war offenbar ganz meiner Meinung, denn er hat sich so plötzlich verabschiedet, als wäre er beim Safeknacken erwischt worden. Nur noch das Geld in die Tasche hat er gestopft und noch nicht einmal den Sekt ausgetrunken. Ich merkte, daß ich dabei war, mir eine Enttäuschungsmigräne einzufangen, doch es war zum Glück nur eine für meinen Zustand typische Attacke von Melancholie. An der Tür blieb dieser Maler aller Maler stehen und streichelte mich so verzaubernd, wie es nur Künstlerhände zu tun vermögen.

»Ich werde dich nie vergessen«, schwor er.

»Ich auch nicht. Sehen wir uns wieder?«

»Bald, bald, Olympia.«

Ich werde bis zum letzten Tag meines neunten Lebens auf ihn warten, und ich weiß, er wird kommen. Jeden Morgen und jeden Abend sah ich mir mein Bild an und schnurrte die Ouvertüre der großartigen Operette »Die schöne Schelmin« von Franz von Fischbein vor mich hin. Jeder Blick bestätigte mir, daß ich eine auserwählte Katze war. Manchmal fiel es mir doch schwer, mich nicht in mich selbst zu verlieben.

Die Begegnung mit der Kunst veränderte aber nicht nur mich. Julia war wieder einmal beim großen Seelenputz angelangt. In unseren Lesestunden beschränkte sie sich nicht mehr ausschließlich auf das Katzenbuch, sondern rezitierte nach der Fachlektüre kontrastreiche Gedichte und dies mit der wohltuend sanften Sing-Sang-Stimme, die sie immer dann hat, wenn sie von der Muse und nicht nur von Stefan geküßt werden möchte. Ihm erklärte sie, sie wollte die »kreativen Kräfte erwecken«, die sie zu lange vernachlässigt hätte. Ich war begeistert. Julias letzter Kreativschub war Weihnachten gewesen. Bekanntlich hatte er zu der Backleidenschaft und für mich in das Paradies geführt, das sich durchaus mit der Kunst messen kann.

»Willst du doch wieder mit dem Singen anfangen?«
fragte Stefan.

»Ich habe an die Wurfkiste für Sissi gedacht.«

Ich glaube, Stefan war mehr als nur das bißchen
enttäuscht, das er sich anmerken ließ. Er war im
Gegensatz zu Julia wirklich musikalisch und teilte
meine Meinung über Madames durch die blöde
Raucherei eingerosteten Alt, und er wollte bestimmt nicht, daß sie uns was vorbrüllte. Er hatte
die Wurfkiste für mich als Objekt der eigenen
Selbstverwirklichung vorgesehen, bereits eine
Reihe von Skizzen entworfen und sie uns beiden
sehr männerstolz gezeigt.

»Prinzessin bekommt das prachtvollste Wochenbett,
das eine Katze je gehabt hat«, hatte er geschwärmt
und noch nicht einmal gemerkt, wie irre katzen-
fremd die ganze Idee war.

Natürlich wußte ich, woher der superstupide Einfall
mit der Wurfkiste stammte. Aus dem Narrenbuch
der Tierärztin. Ein ellenlanges Kapitel machte den
Lesern weis, eine Katze würde sich den Platz zum
Kinderkriegen vorschreiben lassen, wenn er nur
weich genug sei und man die werdende Mutter bei-
zeiten wissen ließ, wohin sie sich beim Einsetzen
der Wehen zu begeben hatte. Nur ein Mann konnte
sich solche Utopien ausdenken. Ein weibliches
Wesen, selbst ein Mensch, hätte nie so gründlich
Theorie und Wirklichkeit durcheinander gebracht.
Wie aber sollte ausgerechnet Julia das wissen, die
nie geboren hatte?

Ich ließ sie dennoch gewähren und ermunterte sie sogar, ihre Pläne mit mir zu diskutieren. Julia ist stets dann besonders kuschelig und pflegeleicht, wenn sie gefordert wird. Sie kaufte Nägel und genug Schrauben, um eine ganze Armee von Leuten mit defekten Oberstübchen zu versorgen, ließ sich von Stefan Kartons in jeder Größe bringen und schleppte selbst welche herbei – meistens alte Schuhkästen, in denen noch nicht einmal ein Hamster hätte niederkommen können. Das ging solange gut, bis sie in ihrer Geburtsbibel auf die Bemerkung stieß: »Achten Sie bei Ihrer Wurfkiste darauf, daß der Rand so stark ist, daß sich Ihre Katzendame in ihrer großen Stunde bequem dagegen stemmen kann.«

Damit fing die ganze Misere an. Statt Kartons holte Julia nun Holzkisten ins Haus, von denen die eine häßlicher als die nächste war. Mit Schrecken erkannte ich, daß sie eigens zur Gestaltung des Kreißsaals eine Beziehung mit einem Gemüsehändler aus Istanbul angekurbelt hatte. Er überließ ihr seine alten Kisten und hat sich bestimmt die Hände gerieben, weil er die Kosten für den Sperrmüll sparen konnte. In kindischer Freude erzählte Julia, daß ihr neuer Freund sein Geschäft hatte renovieren lassen. Mir war klar, daß der gute Mann es auf einen Preis in irgendeinem Ökö-Wettbewerb nach dem Motto »Mein Laden soll schöner werden« abgesehen hatte. Das alles wäre harmlos gewesen. Schlimm war nur, daß bei uns fortan die Fleischeslust nur noch als Vergnügen für besondere Tage galt.

»Man meint, du hättest den Spinat selbst erfunden«, brummte ich, aber die Köchin wäre auch dann nicht zu den schmackhaften rinderwahnsinnigen Steaks zurückgekehrt, wenn sie mich einmal verstanden hätte.

Es gab Karottenauflauf, Kartoffelgratin, gebackene Zucchini, marinierten Kürbis und nach dem Rezept des neuen türkischen Küchenberaters gebratene Auberginen mit Paprikaschoten und Tomatensauce. Am abartigsten fand ich warmen Sellerie mit geschmortem Lauch. Wenigstens am Sonntag gab es Fleisch, allerdings vom Hammel, das für eine werdende Katzenmutter als zu fett befunden und mir nach einer kränkend winzigen Kostprobe grob entrissen wurde (siehe die Empfehlung zur Magerkost in Kapitel 7 des Standardwerks für trächtige Katzen).

»Du bist eine goldige Perfektionistin«, gurrte der lippenschleckende Stefan vor seinem Teller mit schwarzgepfeffertem Auberginenmatsch.

Ich sah es anders. Auch wenn Julia immer sagte: »Man muß offen für neue Ideen sein, sonst ist man schon halb tot«, war sie nichts anderes als ein Chamäleon mit mangelndem Durchblick. Sie ließ sich von allen nur deshalb jeden fellsträubenden Unsinn einreden, weil sie Aufgeschlossenheit für eine menschliche Kardinaltugend hielt und sie nicht genug Selbstbewußtsein hatte, aktuelle Trends mit Skepsis zu prüfen. Hätte nicht ich, sondern eine Kirchenmaus sie adoptiert, wäre sie fromm und heilig gesprochen geworden. Hätte sich ein Bernhardiner ihrer angenommen, wäre sie zeitlebens mit einer Schnapsflasche um den Hals durch das ewige Eis geschlittert.

Die Menschen beschwören immer wieder die Ironie des Schicksals. Auch ich lernte an sie glauben. Mich hat nämlich ein Hammer in der schwersten Phase meiner Erwartung gerettet. Er stoppte im wahrsten Wortsinn mit einem Schlag die Gemüseflut und den Nachschub an Holzkisten, die bereits Diele und Terrasse verrammelten.

Julia und ich waren allein zu Hause. Statt mir jedoch die sehr aktuelle Ballade von den Weibern vorzulesen, die zu Hyänen werden, für die ich damals schwärmte, stand sie nach der Pflichtlektion aus dem Katzenbuch amazonenmäßig auf. Sie torpedierte mich grob von ihrem Schoß, band sich eine übergroße Schürze um, die ich noch nie gesehen hatte, und wühlte im Handwerkskasten.

»Heute muß die Glocke werden«, krächzte Frau Rabe bedeutungsvoll, als sie die größte und sperrigste Kiste von allen auf unseren guten Teppich schleifte. Ich ahnte Grundböses und legte Veto ein. Sie hat ebensowenig auf meine erhobenen Tatzen reagiert wie das gegrillte Paulinchen auf Minz und Maunz. Aus Julia mit den Schmusehänden wurde ein feuerspeiender Drachen. Um die Kiste zu zerlegen, riß sie an den Brettern wie ein räudiger Hund kurz vor dem Hungertod an einem Stück Fleisch, zog die Nägel heraus, verstreute sie auf dem Teppich, wimmerte in Abständen »Au«, fluchte »Verdammt« und verhedderte sich ein paarmal dermaßen in dem Zentimetermaß, mit dem ich sonst friedlich spielte, daß ich witterte, sie würde jeden Moment zu Boden gehen und K. o. liegenbleiben. Noch war es jedoch nicht so weit.

Julia die Besessene sammelte – für ihre Verhältnisse relativ methodisch – die Nägel wieder ein, legte sie auf die gute Tischdecke und begann, die Bretter nach einer von Stefans vielen Entwürfen wiederzusammenzusetzen. Mit einem Hammer, der olympiaverdächtige Ausmaße hatte, ging sie auf das Holz los. Der Lärm war dekadent. Hätten wir Nachbarn oder einen Hauswirt gehabt, wäre uns noch in der Nacht fristlos gekündigt worden.

»Wenn du das kreativ nennst, bist du noch dümmer, als die Polizei erlaubt«, wetterte ich.

»Doch der Segen kommt von oben«, keuchte Julia.

In diesem Moment ist es geschehen. Sie schlug so gewalttätig auf ein Brett ein, daß der Hammerkopf vom Stiel und ihr auf den nackten Fuß fiel. Zunächst war ich so froh über die plötzliche Stille, daß ich vergnügt um mich schaute – nicht schadenfroh, wie sie später behauptet hat, sondern nur ohrenerlöst.

Dann aber sah ich, daß Julia bewegungslos auf dem Boden lag, und zeitgleich hörte ich sie wimmern. Es war fürchterlich. Ein neugeborenes Kätzchen hätte mehr Stimmkraft gehabt. Aufgebracht rannte ich zu dem Haufen von Rock, Haar und zuckenden Fingern hin und versuchte, Julias Gesicht zu finden. Beim ersten Trostschlecken berappelte sie sich, doch kurz nur war der Sieg. Julia fing so laut zu schreien an, daß ich entsetzt zurückwich.

»Mein Fuß«, heulte sie, »mein Fuß. Er ist gebrochen. Ich kann ihn gar nicht mehr bewegen.«

»Bleib erst mal liegen, wo du bist.«

»Ruf Stefan an, laß dir was einfallen.« Mir war sofort klar, daß sie nicht mehr bei Sinnen war. Selbst meine unlogische Julia weiß, daß Katzen nicht telefonieren können.

»Ruf Stefan an«, jammerte sie wieder, »ich bin gelähmt.«

Mich würgte es vor Aufregung. Wenn ich auch gewohnt war, für uns beide zu denken, so hatte Julia bisher doch immer einen Teil der Verantwortung übernommen. Das Gefühl der totalen Hilflosigkeit hat mich so verunsichert, daß ich tatsächlich zum Telefon lief, auf den Tisch sprang und die Gabel vom Hörer stieß.

»So ist's recht«, japste mein trauriger Kleiderhaufen, »jetzt bring's her. Die Schnur ist lang genug.«

Wenn sie nie mehr im Leben einen vernünftigen Einfall haben sollte, sie hat ihr Pensum voll erfüllt. Ich tat genau das, was meine kluge, besonnene Julia in ihrer Not gesagt hatte. Es war supersuperleicht, das Telefon von dem kleinen Tisch zu werfen, allerdings sehr schwierig, es am Hörer hinter mir herzuziehen. Doch ich habe es geschafft. Später, als es Julia besser ging, hat sie eigens für mich ein Lied gedichtet. Es hieß »Sie hat's geschafft«, und sie sang es nach einer Melodie aus »My Fair Lady«.

Stefan war turboschnell am Unglücksort. Er trug die stöhnende Julia in unser Bett, das Telefon zurück an seinen Platz und bestellte einen Arzt.

»Kein Bruch«, sagte der, »aber eine schwere Verstauchung. Drei Tage Bettruhe.«

Ich fand seinen Befehlston impertinent unkollegial. Wenn einer Julia herumkommandieren darf, dann ich. Der Doktor selbst gefiel mir, obwohl er wie die Tierärztin roch. Als er nämlich hörte, wie ich sofort auf die Idee gekommen war, Hilfe zu holen, nannte er mich eine Samariterin und – noch viel zutreffender – eine Wunderkatze.

Daß Julia ein Pflegefall geworden war, hat dem Alltag neue Dimensionen eröffnet. Am folgenden Morgen bestellte sie die Patienten für eine Woche ab, obwohl ich ihr anbot, sie allein zu versorgen. Das war keine berufliche Zurücksetzung. Julia wollte mir nur in meinem fortgeschrittenen Zustand die Doppelbelastung nicht zumuten. Stefan und ich teilten uns die Arbeit – er war für das Grobe, ich meiner Fachkenntnisse wegen für Julias lädierte Seele zuständig.

»Jeder, wie er kann«, sagte Stefan der Einsichtige, »wir sind doch ein eingespieltes Team, Prinzessin.«

Das war übertrieben, denn ich mußte oft meine psychisch so dringend benötigte Aufbauarbeit unterbrechen, um ihm die einfachsten Dinge zu erklären. Er wußte nicht einmal, wo die Sahne stand, und Paniermehl und die feine Kräuterbutter hat er auch nicht gefunden. Kein Wunder, wir hatten ja seit dem Gemüse-Desaster keine schmackhaften Nahrungsmittel mehr benutzt.

Als allein zuständiger Koch war Stefan ganz große Klasse. Es gab wieder Schnitzel, Steaks, die ihm ohnehin viel besser gelangen als Auberginen-Julia (schön englisch-rot) und zum Abendessen Wurst, Schinken und Speckbratkartoffeln in patentreifer Qualität. Als ich dann auch merkte, daß Stefan trotz der Mehrbelastung keine zusätzlichen Ansprüche stellte, sondern abends bescheiden am Schreibtisch werkelte und nachts in seinem eigenen Bett schlafen wollte, war ich so satt und zufrieden wie lange nicht mehr.

Ich erweiterte in dieser Zeit meinen geistigen Horizont um ein Vielfaches und erkannte, daß Julias dummes Gerede absolut nicht der Wahrheit entsprach. Wie oft hatte Frau Doktor mit der Behauptung, Männer und Frauen seien gleich, unseren Patientinnen einen fellsträubenden Bären aufgebunden.

»Es gibt gewaltige Unterschiede zwischen den Geschlechtern«, warf ich ihr vor. »Selbst ein Single muß das doch irgendwann mitbekommen.«

Kein einziges Mal kam Stefan auf die Idee, Brotreste als Nahrung auszugeben, sondern warf sie den Vögeln hin. Weder hat er die Spüle mit Ekelessig abgerieben noch die Töpfe sofort nach Gebrauch versaut und eingeweicht. Die durfte ich auslecken. Er redete nie von Kalorien und kochte mit Fett statt Liebe. Sehr typisch: Männer können auf dem Rücken keine Schleifen binden. Stefan schlich immer zu Julia ans Krankenlager, damit sie ihm die Schürze umlegte. Ich sah das nicht gern.

Julia brauchte rund um die Uhr Gespräche mit mir. Frau Hammerwerferin fühlte sich schuldig und klagte herzzerreißend, daß sie uns eine Last, sich selbst im Wege und auf der Suche nach neuen Perspektiven sei. Am ersten Tag sorgte ich nur dafür, daß sie sich öffnete. Als sie aber in der Fachliteratur über kreative Alternativtherapien nachlas, erkannte ich, daß ihr Problem nicht der verknackste Fuß, sondern ihr angeknackstes Selbstwertgefühl war.

Mein flügellahmes Vögelchen malte nur noch Teufel an Wände. Sie schwankte, falls sie »jemals genesen« sollte, zwischen Trommeln und Flöten (Musiktherapie) oder Fußaufstampfen und Faustschläge in die Luft (Tanz- und Bewegungstherapie). Selbst der lammfromme Stefan wurde nervös. Ich handelte. Julia brauchte nichts als eine Aufgabe, und ich machte ihr klar, daß ich sie brauchte. Kläglich miauend bot ich ihr meinen fruchtbaren Leib; wie befriedigend war ihre Reue, als sie einsah, wie dumm sie sich benommen hatte.

»Mach dir keine Sorgen, meine Süße«, sagte meine liebe alte Kuscheljulia, als ich ihr erlaubte, das Bett zu verlassen: »Du bekommst deine Wurfkiste. Und wenn mir noch einmal ein Hammer auf den Fuß fällt.«

Ich schwieg. Katzen müssen immer wieder aufs neue begreifen, daß selbst ihre Lieblingsmenschen auf den Kopf gefallen sind.

11.

Die Tage waren waldmeistergrün und fliederlila. Von jedem Baum und unter den Sträuchern schnüffelten wir Mai, obwohl die Nachbarn ihre Rasenmäher, sich selbst und die Koteletts einölten, die sie zu Tode grillten. Wir schlemmten Leben auf der Terrasse und im Garten. Maiglöckchen läuteten uns die Ohren voll und duftrasten in die Nase. Ich war entzückt und entspannt, Julia wasserfischfroh und faul.

»Frühling läßt sein blaues Band wieder flattern durch die Lüfte«, sang sie.

»Deine Stimme ist viel besser geworden, seitdem du weniger rauchst«, lobte ich sie und knabberte an ihrem Ohr.

Auch die Vögel glaubten wieder an die Menschenlieder. Sie schnäbelten einander Eheversprechen zu und bauten sich ein Nest. Die ganze Schar war schon da. Amsel, Drossel, Fink und Star wünschten uns ein frohes Jahr. Dreist nutzten sie meine Umstände aus, denn ich konnte ihnen nur noch drohen. Der Specht hämmerte, als hätte nun er die Aufgabe übernommen, mir eine Wurfkiste zu bauen (dieses Paradebeispiel einer übergekochten Phantasie stammte von Julia, doch ich fand die Verfremdung der Realität hübsch).

Leider wußten auch gewisse Kreaturen, die sich unter normalen Gegebenheiten nie in meiner Gegenwart beim Flanieren hätten erwischen lassen, daß der Jagdlust einer Katze im Mutterschaftsurlaub persönlichkeitseinengende Grenzen gesetzt sind. Selbst erfahrene Krieger machten sich mausig und sorgten sich nicht um ihre Zukunft, wenn sie mich sahen. Mich störte das nicht. Ich war von Kopf bis Krallenfuß auf Liebe eingestellt. Und sonst gar nichts.

Julia auch. Sie hatte noch zweiundsiebzig patientenfreie Stunden vor sich und das verständliche Bedürfnis, so viele davon wie nur möglich mit mir zu verbringen und mich so zu verwöhnen, wie ich sie auf ihrem Krankenlager verwöhnt hatte. Wenn sie mich streichelte und kopfkraulte, raunte sie mir zuckerphantastische Zärtlichkeiten zu und lobte mich so herzwarm, daß ich bei entsprechender Veranlagung bestimmt protzeitel und arrogant geworden wäre.

»Ich bin seelisch total runderneuert«, sagte meine Top-Frau und zupfte an einer Gänseblume. »Und rat mal, wem ich das zu verdanken habe?«

»Du kannst auch wieder auf beiden Füßen stehen«, ermahnte ich sie.

Der Hinweis war nötig. Meine entzückende kleine Phlegmatica hörte ihn nicht gern. Julia war wie ein Kind, das sich an die Annehmlichkeiten der Krankheit gewöhnt hat und den entscheidenden Schritt ins Leben hinauszögert, weil es weiter umsorgt und behütet werden will. Frau Doktor tat so, als wüßte ich nichts von der krankheitsbedingten retardierten Anpassung an den Alltag. Sie hätte kein bißchen mehr hinken müssen und tat es doch immer wieder. Sobald sie sich von mir beobachtet fühlte, humpelte sie und klagte eindrucksvoll, daß sie keine zwei gleichen Füße mehr hätte.

Ich mußte sie dann erinnern – ziemlich scharf –, daß es nicht ich allein war, die Bewegung brauchte. Weil Worte allein nicht fruchteten, verfiel ich auf die Idee, immer dann Durst anzumelden, wenn sie zu lange herumgelegen hatte. Worauf Gnädigste seufzend aus ihrem Liegestuhl krabbelte und sich stöhnend ins Haus schleppte. Sie lieferte eine zauberhafte, einer Katze würdigen Aufführung, die ich in keiner Repertoirevorstellung leid wurde. Mehr noch: Für mich war es eine immense Befriedigung, daß Julia wieder imstande war, sich selbst zu überwinden und ihre Pflicht zu erfüllen.

Mein Julchen war eine gute Schauspielerin und hätte auf der Bühne ebensogut ihr Geld verdienen können wie beim Tranchieren von Patientenseelen am Schreibtisch. Die Freude an der großen Schau mit präzise plazierten Pointen hatte sie von mir gelernt.

»Alles machst du mir nach«, hatte ich ihr einmal in einem Basisgespräch über die Poetik der Pose vorgeworfen, »warum entwickelst du keine eigenständigen Ideen?«

Nun war ich froh. In der Zeit ihrer Rekonvaleszenz war das Rollenspiel für Julia wichtiger als gutes Futter. Ich animierte sie sogar, auch bei Stefan zu hinken und ihm weiterhin den Küchendienst zu überlassen. Freilich war da ein Portiönchen Eigennutz mit in der Kalkulation. Ich fürchtete, wenn ich Julia zu schnell zurück an den Herd ließ, würde sie zu unreflektiert an ihre vitaminreiche Vergangenheit anknüpfen.

Die Sorge war unbegründet. Julias Verhältnis zu Gemüse war wieder so natürlich und gesund wie ihre Psyche. Als sie einmal von einer aufmüpfigen, lernunfähigen Patientin sprach, hat sie die Person als »Spinatwachtel« bezeichnet. Daß sie selbst vollkommen von der Sucht nach Zucchini und Kichererbsen geheilt war, diagnostizierte ich maunzfidel, als sie unmittelbar nach »Der Mai ist gekommen«, ihrem Lieblingslied, »Alles hat ein Ende, nur die Wurst hat zwei« trällerte. Leider merkte ich erst am nächsten Tag, daß Frau Doktor den Wurstzipfel nicht aus einer sättigenden Perspektive betrachtet, sondern als Symbol mißbraucht hatte. Sie hatte nicht an Leberwurst gedacht. Ihr Krankenurlaub war abgelaufen.

Mir fiel es nach den schönen Tagen auch schwer, wieder die eigenen Gefühle zurückzunehmen und mich auf die Brüche in fremden Biographien zu konzentrieren. Schon die erste Patientin war total karriereverdächtig als Lieferantin von Testmunition für Nußknacker. Julia durchlitt einen Farbwechsel, als ein total durchgeknalltes Monster den Raum betrat; ich dachte, ich sei in eine praenatale Krise geraten.

Es handelte sich um ein sehr junges, absolut unterernährtes Mädchen mit abgefressenen Nägeln, abrasiertem Haar, abgesäbelten Hosenbeinen und abgeschnittenem Verstand. Nach dem harmonischen Rückzug ins Private, den wir so genossen hatten, war das für uns beide eine fast unzumutbare Herausforderung. Das Magerkind sah aus, als hätte man es aus einem Container des Roten Kreuzes für Altkleider geangelt, und es weigerte sich, seinen Namen zu sagen, verriet uns erstaunlicherweise jedoch sofort, weshalb es überhaupt gekommen war.

»Weil mein Papa gesagt hat, daß er mir das Taschengeld sperrt, wenn ich nicht zur Klapse gehe«, raunzte das Pöbelgör und biß den letzten seiner zehn Fingernägel ab.

Als die Trotzkuh mal fünf Minuten in den Garten geschickt werden mußte, weil sie mit ihrem umgehenden Erstickungstod drohte, erklärte mir Julia, sie empfände es als konstruktiv, daß das Mädchen ihren Vater »Papa« genannt hatte.

»Das wäre nicht die erste Fehldiagnose, die uns dein sogenanntes positives Denken einbrockt«, gab ich ihr zu Bedenken.

Ich empfand es nämlich keineswegs als Zufall, daß die Schnitterin dauernd mit Julias Schere herumfuchtelte. Wegen möglicher Risiken und Nebenwirkungen brauchte ich weder Arzt noch Apotheker zu befragen. Ich brachte mich in Sicherheit. Wer von den Socken bis zum Kleinhirn auf Löcher steht, muß ja geradezu danach gieren, einer Katze den Schwanz abzuschneiden.

»Darf ich das Kätzchen mal streicheln?« piepste die Wackelstimme.

Fassungslos starrte ich vom Schrank auf das Scherenphänomen hinab. Ich dachte, ich hätte mich entweder verhört oder wäre auch nicht mehr bei Verstand. »Kätzchen« hatte die ausgehungerte Fanatikerin doch bestimmt das letzte Mal mit fünf Jahren gesagt, aber sie fragte noch einmal, ob sie mich anfassen dürfte.

Vielleicht war Julia doch noch nicht so arbeitsfit, wie wir beide dachten, denn sie stülpte umgehend den Mütterlein-Blick über ihr Gesicht und spielte die ganze Skala von Teilnahme durch.

»Sissilein«, süßholzte meine Tölpelliese nach oben, »willst du nicht mal unserem Besuch guten Tag sagen?«

Wenn Sissilein etwas vermeiden wollte, dann den Hautkontakt mit einem Wesen vom fremden Stern, das auf ihrem Planeten bestimmt Scherenschleiferin in vorderster Front gewesen war. Am Ende war auch in irgendeiner heil gebliebenen Tasche noch eine Ratte versteckt. Ich spuckte Verweigerung. Übrigens hätte ich selbst dann nicht den heilsamen Schoßsprung eingesetzt, wenn es sich um eine Patientin von genormtem Zuschnitt gehandelt hätte.

Ich verabscheue nun mal Jeans und sitze noch nicht

mal auf Julia, wenn sie sich als Kratzbrett verkleidet. Jeans sind zweifelsfrei von einem Menschen erfunden worden, der entweder Katzen haßte oder eine Katzenallergie hatte. Um aber wenigstens zu dokumentieren, daß ich mich nicht vollkommen ausgeklinkt hatte und mental noch präsent war, schmetterte ich zum zweiten Mal meine »Das-steht-gar-nicht-zur-Debatte«-Antwort nach unten.

»Später kommt sie bestimmt«, tröstete Julia, »Katzen muß man Zeit lassen.«

»Menschen auch.«

Ich stellte spontan beide Ohren auf Empfang. Zwei kluge Bemerkungen im Sekundenabstand gelten in unserer Praxis als Haupttreffer. Aufgeschlossen wie ich auch in hoffnungslos erscheinenden Fällen zu sein habe, ließ ich probehalber den Schwanz nach unten hängen. Sollte der Scherenfreak sich darauf beschränken, weiterhin lediglich Löcher in die Luft zu schneiden, wollte ich nicht auf zu viel Distanz bestehen. Es war unprofessionell, das erste magere Angebot einer freundlichen Geste im Keim zu ersticken.

Verweigerungen sollten in der Psychotherapie nie unterschätzt werden. Man erlebt doch immer wieder, daß gerade sie mundverstopfte Patienten motivieren. Jedenfalls hat das Container-Kind mein resolutes Nein als Startsignal aufgefaßt, mehr als immer nur nein zwischen versiegelten Lippen herauszupressen. Es kurvte im Formel-1-Tempo aus seiner Schmollburg. Wir erfuhren nicht nur, daß dieses neurotische Bündel aus Ablehnung und Zerstörung Victoria hieß, sondern bekamen eine dschungelverschlungene Geschichte aufgetischt, in der ausgerechnet die Puppe Barbie die Hauptrolle spielte.

Die seelenvermüllte Victoria haßte das chice Püppchen noch viel mehr als sich selbst, ihre Eltern, Lehrer, Grünkohl, Kämme und den Rest der Welt. Die Ursache ihrer Globalfrustration konnte ich nicht ausmachen und wollte es auch nicht. Der erste Arbeitstag nach der Harmoniepause nahm mich psychisch doch enorm mit, und zudem war es wirklich zum Platzen, mit gefülltem Bauch still auf dem Schrank zu hocken.

Julia spielte verständnisvolles Lämmchen und blökte Blödsinn. Wann immer die gerupfte Henne Atem holen mußte, nickte Frau Doktor, als hätte Haßmamsell das Ei des Kolumbus gelegt. Ich fand, Julia sah selbst schon wie eine Puppe aus. Ein Druck auf den Knopf im Bauch, und die Dinger wackeln mit ihrem Hohlkopf und quaken.

»Das war schon echt ätzend, zu jedem Geburtstag, Weihnachten, Ostern und Gott weiß wann noch Klamotten oder eine neue Kutsche für dieses Konsummonster zu bekommen«, wetterte Victoria. »Barbielein«, ahmte sie ihre Mutter nach, »muß doch fein sein, wenn sie zum Ball geht. Ich fand das schon als Kleinkind animalisch bescheuert, aber ich habe mich nie getraut, was zu sagen. Bis ich eines Tages dem blonden Knallkopp das Haar

abschnitt und die gesamte pikfeine Garderobe ver-
brannte.«

Die Brandstifterin sah, während sie ihren Helden-
gedenktag abhielt, trotz der hohlen Wangen und der
spitzen Mäusezähne wie ein aufgepumpter Kampf-
hund aus. Sie wütete sich so in Rage, daß ich den
Schwanz einholte und den Kopf unter den Pfoten
verbuddelte. Auch die Schere war wieder in Aktion.
Zunächst allerdings nur verbal.

»Wenn es über mich kommt«, schrie Victoria, »fetzt
es mich, alles kaputt zu schneiden und aus dem
Fenster zu springen.«

Mir reichte die Ouvertüre. Den Rest der Oper
brauchte ich nicht. Ich sprang. Zunächst vom
Schrank und dann aus dem Fenster.

Natürlich war es nicht fair, Julia mit dem kochenden
Kessel allein zu lassen. Sonst bin ich weder egoi-
stisch noch feige, doch ich vergegenwärtigte mir,
daß eine werdende Mutter nicht nur an sich selbst
denken darf, sondern Verantwortung für ungeborenes Leben trägt. Immerhin war Julia die Therapeutin und ich auf freiwilliger Basis angestellt.

Der Garten war um die Morgenstunde eine opti-
male Rehabilitationsklinik für überbelastete Katzen
mit gigantischem Bedürfnis nach einem menschen-
freien Raum. Der Tag war sonnig, doch nicht heiß,
Jasmin und Flieder auf ihrem Duftgipfel. Das Gras
war noch saftig vom Morgentau, aber bereits vibrie-
rend pfotentrocken. Honigzufrieden summten die
Bienen. Die hübschen kleinen grünen Früchte am

Kirschbaum wippten phantasiebeflügelnd im sanften Wind.

Zwei Mäuse merkten nicht, daß ich trächtig war und brachten sich, als ich etwas mutlos vor mich hinfauchte, piepsaufgeregt in Sicherheit. Wenn die beiden auch noch sehr jung und entsprechend wirklichkeitsblind waren, hat mich ihre Todesangst doch enorm aufgebaut und mein Selbstbewußtsein gestärkt.

Ich schüttelte meinen Weltschmerz ab und die Glieder aus, die auf dem Schrank unangenehm steif geworden waren, und legte mich zum Relaxen unter meine Tanne – den Blick auf den Kirschbaum und auf zwei Spatzen im besten Fluglehrlingsalter gerichtet. Erst döste ich mich ruhig, dann schlief ich mich munter, und bald war ich wieder fit genug, um in Ruhe Zukunftspläne zu machen.

Es tat mir im Augenblick nicht gut, mich zu sehr mit der Praxis zu belasten und dann in eine solche Situation zu geraten wie ich sie soeben erlebt hatte. Wer um seine körperliche Unversehrtheit fürchten muß, kommt seelisch aus dem Gefüge.

Es war, sagte ich mir, für alle besser, wenn ich mir mehr Pausen gönnte und nur noch diejenigen Patienten behandelte, für die ich mich voll, aber auch angstfrei engagieren konnte. Nervöse Mütter bringen hypersensible Kinder zur Welt, die es im allgemeinen schwer haben, sich im Leben zu behaupten und ordentliche Lehrstellen zu finden. Julia würde gewiß meinen Wunsch nach mehr Schonung und individuellen Entfaltungsmöglichkeiten in der Zeit vor der Niederkunft verstehen. Sie war ja nicht in erster Linie Chefin, sondern Kumpel, Vertraute und Geliebte. Schließlich hatte sie mir selbst die entsprechenden Passagen über die Psyche werdender Mütter aus dem Katzenbuch vorgelesen – mit durchaus arbeitnehmerfreundlicher Stimme.

»Das findet man wahrlich nicht alle Tage«, sagte ich zum Specht.

Er muß erstaunt gewesen sein, daß ich mit ihm sprach, denn er hörte spontan auf mit seiner dusseligen Hämmerei und wetzte töricht den Schnabel. Die Stille nach seiner konstanten Lärmproduktion war so herrlich, daß ich beschloß, ihn öfter durch ein paar Worte abzulenken.

Die plötzliche Ruhe machte mich indes besonders hellhörig. Aus unserer Praxis schallten Schlachtgesänge. Erst hörte ich nur Julia brüllen; ich fauchte, noch ehe sich mein Fell in alle Richtungen zu sträuben begann. Selbstverständlich dachte ich, Scheren-Victoria wäre auf mein armes, allein gelassenes Hascherl losgegangen, straffte meinen Körper und rannte los.

Als ich den halben Weg zum Haus zurückgelegt hatte, hörte ich Radau-Victoria toben. Sie kreischte so ohrenpeinigend, als würde sie jemand auf Nachbars umweltschädigendem Grill rösten. Da wußte ich Bescheid. Mit erhobener Pfote blieb ich stehen und verzog mich erlöst in meine Meditationsnische. Die beiden übten den Urschrei. Typisch! Wenn die

Katze aus dem Haus ist, tanzen die Mäuse auf dem Tisch. Julia hatte meine Abwesenheit ausgenutzt und es mit der Therapie probiert, von der ich am wenigsten halte. Frau Doktor ist jedoch nicht davon abzubringen, daß die Leute beim Urschrei ihren ganzen Frust auf einen Schlag loswerden und danach friedlich wie Steinzeitmenschen mit einer lahmen Wildsau im Visier vor sich hingrinsen. Für mich ist der Urschrei die reinste Augenwischerei und nur Problemverlagerung. Die eine Partei schreit sich die Stimmbänder wund und der anderen platzt das Trommelfell. Wo bleibt da der Gewinn?

Ich legte mich in einen Sonnenfleck unter die Tanne und nahm mir vor, in unserer Abendkonferenz mit Julia Krallenfraktur zu reden. Mich stimuliert es ungemein, wenn ich einen Entschluß gefaßt habe, der uns beide weiterbringt. Schon begann ich, mich auf das Mittagessen zu freuen. Ich war gerade dabei, wirklich hungrig zu werden, als mir auffiel, daß sich in der Praxis nichts mehr tat. Es war Sendeschluß auf allen Kanälen. Kurz darauf lief Victoria die Schreckliche durch den Garten.

Es gibt tatsächlich noch Wunder. Sie war nicht nur ohne Schere, sondern hatte beide Hände in den Taschen und augenscheinlich so gar keine Lust mehr auf den großen Schnitt. Obwohl das kleine Biest wie ein hungerndes Ferkel vor sich hingrunzte, wirkte sie ruhiger als zu dem Zeitpunkt meiner Flucht und ähnelte umrißmäßig einem Menschen.

Pfotenschleckend beobachtete ich, wie Victoria das Tor schloß, dann eine Zeitlang das Haus anstarrte, den Kopf schüttelte und weiterging. Ich war so froh, daß der Krieg der stimmgewaltigen Gewitterhexe ohne Blutvergießen verlaufen war, daß ich ihr einige freundliche Laute in den Rücken blies, aber sie war zu beschäftigt mit Grunzen, um mich zu hören.

Erfreulicherweise hatte Julia keine Patienten mehr für den Morgen bestellt. Sie war schon in der Küche und klapperte mit der Bratpfanne. Das war ungewöhnlich am Reste-Essen-Montag und Glück im Quadrat. Pfannen, in denen bekanntlich gebraten wird, machen mich viel mehr an als Töpfe, aus denen fast immer nur Gekochtes kommt, also Kinder- und Krankenkost oder kalorienreduzierte Albernheiten. Die haben keinen Nährwert und schmecken, wie sie aussehen. Zufrieden roch ich sowohl Fisch als auch Speck, tippte auf Scholle nach Hamburger Art und lief – dynamisch und lebensfroh wie eine junge, schlanke Katze – zum Haus.

»Alles in Butter«, hätte Julia gesagt.

Es war leider ein trauriges Beispiel für meine These, daß man einen Tag nie vor dem Mittagessen loben soll. Der Gedanke an ein gemütliches, kultiviertes Fischmahl mit einer anständigen Portion Sahne zum Dessert sollte nämlich der letzte ruhige Moment für Stunden werden.

Aus der Mülltonne schrillte ein seltsames Geräusch; ich spürte sofort, daß ich solche Töne noch nie gehört hatte und konnte sie auch nicht deuten.

Trotzdem lief meine Alarmanlage schon da auf Hochtouren. Je näher ich an die Mülltonne kam, desto stärker wurden die hohen Laute. Sie nervten durch beide Ohren, und doch waren sie sehr leise. Julia hätte sie nie gehört.

»Sissi«, rief sie, »willst du denn heute nichts essen?« Die Verlockung war enorm, so zu tun, als wäre ich der zukunftsorientierte »Nichts-gehört«- und »Nichts-gesehen«-Affe und hätte nicht gemerkt, daß da ein lebendes Wesen in Todesnot war. Mein Seelen-Motor startete aber voll durch.

So sehr ich mich bemühte, lässig an der fiepsenden Mülltonne vorbeizukommen, es gelang mir nicht – ein klassischer Fall von spontanem Pfotendrang. Ich sprang auf den Abfallbehälter und versuchte, den Deckel zu öffnen. Sonst ist das null problemo, doch war ich nicht in Form und rutschte ab. Die beunruhigenden Klagelaute bedrängten Herz, Magen und Kopf und verunsicherten mich so sehr, daß ich selbst losschrie.

Nie wieder werde ich etwas gegen den Urschrei sagen. Wenn man ihn richtig einsetzt, ist der supernützlich. Noch während ich brüllte, kam Julia mit dem Bratpfannenwender in der Hand angerannt und riß die Mülltonne auf. Einen Moment verstummte das Quietschen. Julia gaffte mich mit ihrem beleidigten »Was-ist-nun-schon-wieder-los?«-Blick an, als wäre sie eine Maus und ich hätte sie in die Falle gelockt. Dann ging der Lärm von neuem los.

Julia beugte sich über die Tonne, steckte ihren Kopf hinein und wühlte mit beiden Händen und unserem besten Bratpfannenwender im Müll. Ich sah nur noch ihren Rücken, wippende Schürzenbändel und ihre pfundigen Stampfbeine. Das Ganze wirkte total gespenstisch. Mein Körper schlug Angst.

»Was in aller Welt machst du?« maunzte ich, »wenn du nicht sofort da rauskommst, siehst du aus wie Sau.«

»Mein Gott«, japste Julia, »schau dir das an.«

Sie hechelte und sabberte beim Sprechen wie ein Hund. Noch viel schlimmer: Sie hielt einen Hund in der Hand – oder ein Bündel, das mal ein Hund werden sollte oder irgendwann einer gewesen war. Das Viech roch total sauer nach Joghurtresten, verdorbenem Quark, vergorenem Gurkensalat und verschimmeltem Brot. Das bißchen Kopf, das dieses Stinktier hatte, war mit Kartoffelschalen zugehangen. Hinten baumelte ein Schwanz, an dem Spaghetti klebten.

»Du armer, armer Kerl, wer hat dir das angetan? Du kannst ja kaum noch atmen.«

Julia auch nicht. Sie plärrte los und drückte das ekelerregende Kartoffel-Quark-Gemisch an ihren Schmusebusen, obwohl sie eine weiße Bluse anhatte.

»Nun beruhige dich mal«, zungenstreichelte sie – in der gleichen Tonart, die sie aus sich herauszaubert, wenn ich aufgeregt bin. »Das kriegt Mama schon wieder hin.«

»Mama! Du hältst dich wohl für die Witwe von Franz von Assisi«, wurmte ich mich, aber ich lief doch zu ihr hin.

»Nicht eifersüchtig sein, meine allerliebste Sissi, wir müssen einfach etwas tun. Dieses Hundilein braucht Hilfe. Und zwar sofort.«

Hundilein hatte zumindest noch eine Zunge. Die war erstaunlich lang, widerlich rosa und auch noch so intakt, daß sie meine Julia ablecken konnte. Winsel! Winsel! Würg! Würg! Schleck! Schleck!

»Ist ja schon gut. Wer in aller Welt hat dich in die Mülltonne gesteckt? Wie heißt du denn, mein Kleiner?«

»Dschingis-Khan. Das sieht man doch. Und wie soll so ein bißchen Tier zwei Fragen auf einmal beantworten? Ich würd's mal mit Abtrocknen und Füttern versuchen.«

Das hätte ich nicht sagen sollen. Ich hatte ohnehin alle vier Pfoten voll mit fremden Problemen, und das Jammerding war schließlich nur ein Hund. Ein sehr kleiner. Genau genommen ein winziger Welpe. Hund hin, Hund her – Welpe Winzig tat mir leid. Auch das noch!

Ich hatte mir ein Helfer-Syndrom eingefangen. Wahrscheinlich haben trächtige Katzen zu viele Mütterlichkeitshormone, um sich ausgerechnet dann über Erbfeindschaft Gedanken zu machen, wenn sie Todesangst wittern. Mit jedem Nerv und allen Muskeln wehrte ich mich gegen den ungebetenen kleinen Stinkbraten. Und was sagte ich?

»Komm, wir bringen ihn erst mal ins Haus und putzten seine verstopfte Schnauze. Sonst erstickt er, und du kannst ihn in deinem geliebten Rosenbeet beerdigen.«

Grundgütiger Himmel! Ich habe tatsächlich geschnurrt, als Julia das tropfende Jaulpaket ins Haus trug. Sie holte alte Zeitungen, legte sie auf einen Küchenstuhl und setzte Willi Winzig obendrauf. Ich schnurrte weiter – bis Frau Doktor das Unglückswurm mit einem feuchten Lappen abrieb.

»Du Trampelkuh«, schrie ich sie an, »nach so einem Schock braucht ein Tier Wärme. Auch wenn es nur ein Hundilein ist.«

Ich fluchte mich so in Rage, daß ich Julia zur Seite schubste. Arme, dumme Tolpatsch-Julia! Erst stolperte sie über mich, dann klatschte sie den fettigen Bratenwender an die Gardine, und schließlich brüllte sie hysterisch: »Du darfst ihm nichts tun, er ist doch so klein und hilflos.«

»Weg da«, zischte ich und ließ der Bequemlichkeit halber meine Zunge gleich draußen.

Sehr langsam, sehr vorsichtig und ganz zart habe ich Klein-Stinki abgeleckt. Einmal Körper rauf, einmal runter, dann Zunge neu befeuchten und wieder von vorn anfangen. Kartoffelschalen vom Kopf, Spaghetti runter vom Schwanz und Tomaten aus den Ohren. Allmählich fing das kleine Biest an, wie ein Hund auszusehen und nach mir zu riechen. Ich schlafschnurrte ihn warm.

Julia war wieder einmal megastreßunfähig und voll

melancholisch. Sie saß zitternd auf dem Küchenhocker und fragte ausgerechnet mich: »Wer tut einem wehrlosen Tier so etwas an?«

»Ein Mensch«, kratzbürstete ich, doch ich sprang auf ihren Schoß und leckte auch sie wieder in Form. Sie sah entzückend dämlich aus und war es auch.

»Sissilein«, säuselte mein unschuldiges Schäfchen, »darf ich ihn mal auf den Schoß nehmen, ohne daß du eifersüchtig wirst?«

»Mach schon«, erlaubte ich ihr erschöpft.

Wir dösten alle drei auf dem Hocker, ich ausgehungert und zungenlahm, Julia katzenglücklich und Klein-Willi hundsmäßig zufrieden. Später haben wir die Scholle nach Hamburger Art beerdigt.

12.

»Warum geben wir das Biest nicht einfach im Fundbüro ab?« fragte ich Julia nach jedem neuen Schock. Hätte sie nur einmal im Leben auf mich gehört, wären wir auf einen Schlag alle Sorgen mit dem Mini-Monster aus der Mülltonne losgeworden. Leider wußte sie – wie üblich – alles besser.

Unser Findelhund war rekordverdächtig für das Guinness-Buch der Zumutungen. Nachts winselte er so durchdringend von seiner Verlassenheit und der Urangst aller Waisenkinder, daß ich mich zu ihm legen und ihm weismachen mußte, ich wäre seine Mutter. Sonst hätte keiner von uns dreien ein Auge zugemacht. Bei Tag hielt sich Welpe Winzig, dann immer feucht und fröhlich, für den Meister aller Beißer und nagte an Schuhen und Decken, an elektrischen Kabeln, Teppichen und Tischtüchern, Rockzipfeln und selbst an meinem Schwanz. Wie die unselige Victoria, der er als Beweis gefolgt war, daß ein Unglück wirklich nie allein kommt, hatte der Bursche einen hochentwickelten Loch-Komplex.

Weil Julia indes zu untrainiert war, um wenigstens in

Krisensituationen rational zu denken, und weil sie statt dessen ihr Gewissen päppelte, haben wir den Sabberfritzen gehegt, getröstet und rund um die Uhr gefüttert – mit einem bißchen Hackfleisch, einer Unmenge von Haferflocken und noch mehr Liebe. Gelohnt hat sich der Aufwand von oben rein und unten raus wahrhaftig nur, wenn man die Arbeitslast aus der sentimentalen Perspektive von Tierschützern betrachtet.

Die sind ja nicht von dem Aberglauben abzubringen, daß der Hund der beste Kamerad des Menschen sei. Kaum war dieser milchzahnkräftige Beißling satt, hat er eine Endlosproduktion von kleinen Wasserlachen, großen Pfützen und monströsen Stink-Seen gestartet, die er mit seinen großen, albernen Kulleraugen anglotzte und in die er mit ebenso großen Pfoten hineinstapfte.

»Der Saukerl ist von der Putzmittelindustrie angeheuert worden«, vermutete ich.

»Er ist doch noch ein Baby«, sülzte Julia.

Unser Wohnzimmer und die Küche wurden durch den kaum noch zu verantwortenden Einsatz von chemischen Reinigungsmitteln – Marke Aprilfrische mit Zitronenduft – zu nasengefährdenden und gesundheitsschädlichen Naßzellen. Ich sorgte mich krank, daß bei den nimmerendenden Wisch- und Waschaktionen mein Fell ebenso übel riechen könnte wie Julias Hände. Das Zipfelchen mir gebliebener Freizeit verbrachte ich mit besonders sorgsamer Körperpflege.

Logo kam Julia überhaupt nicht mehr dazu, auf ihre äußere Erscheinung zu achten. Dank ihrem unheilbaren Glucken-Komplex war meine sympathisch phlegmatische Kuschelfrau zu einer hundsgemeinen Sklavin mutiert, die nur noch mit Eimer und Lappen herumlief, Flecken aus den Teppichen rieb und Klein-Doofi für seine dringenden Geschäfte Zeitungen unterschob, die er selbstredend nicht benutzte.

Wenn Julia wenigstens verstanden hätte, daß man schlafende Hunde nicht wecken darf, wäre uns beiden noch ein kleines Stück Normalität vergönnt gewesen. Sie war aber total verbiestert, verwechselte immer wieder Katze mit Hund und nahm ihn, wenn er wirklich mal vor Erschöpfung eingepennt war, auf den Schoß. Prompt hat der Kerl dann ein neues »Bächlein« rieseln lassen. Weshalb ich mein unbelehrbares Trampelchen trotzdem liebte und es ihm gerade in dieser Zeit nicht an Zuspruch und Anteilnahme fehlen ließ? Weil auch ich im Herzen eine erzdämliche Glucke bin, die das Bemuttern von Jungtieren nicht lassen kann. Hätte ich sonst meine süße Julia-Glucke adoptiert? Leider legte sie nie ein nützliches Ei, sondern brütete am laufenden Band neue Probleme aus. Wenn mir allerdings das ganze kitschige Getue um den unverdrossen nässenden Nassauer zuviel wurde und ich am Platzpunkt war, habe ich doch mein Herz entpöbelt.

»Jetzt hör schon auf, das Ding ewig umzudrehen und anzugrapschen«, kratzte ich Julia am dritten

Tag nach der großen Invasion an, »selbst du mußt doch mal dahinterkommen, daß dein Liebling ein Rüde ist. Außerdem ist es ganz egal. Ein Welpe kann sowieso das Bein noch nicht heben.«

Wischi-Waschi-Julia hatte wieder einmal schweißfeuchte Haare, einen patschnassen Rock und den Dunkelblick einer Therapeutin, der man beigebracht hat, daß Grübeleien das Salz der Welt sind. Auf meinen Vorwurf nickte sie nur professionell freundlich, als dürfe sie mich nicht noch mehr reizen, fummelte weiter und wollte von mir – mindestens zum zwanzigsten Mal! – wissen, ob das »Hündchen« ein Bub oder ein Mädchen sei, wie sie es nennen sollte und ob es sehr wachsen oder hübsch klein bleiben würde.

Ich fand, Seine Winzigkeit war schon im gegenwärtigen Zustand ein Schwergewicht für eine werdende Mutter und eine komplett überforderte Ärztin. Ich hatte null Bock, mir Seiner Majestät Zukunft auszumalen oder einen Namen für ihn zu finden. Am Ende noch mit großer Taufparty und Hundekuchen. Der undichte Satansbraten knabberte gerade an Julias teurer Perlenkette und machte seine ersten Schwanzwackel-Proben.

»Der wird ein Höllenhund«, fauchte ich.

»Das wird schon«, singsangte Julia. Sie hatte tatsächlich die Dreistigkeit, mit einer Hand Hündilein zu streicheln und mich mit der anderen zu kraulen.

Ohne Stefan wäre sie mit der Fallprognose keinen

Schritt weiter gekommen. Wie immer, hat der große Weise, als er die verstrubbelte Bescherung sah, erst einmal stumm gestaunt, dann klug zungengeschnalzt und schließlich alle Fragen mit einem einzigen Kurzsatz gelöst. Das liebe ich so an Stefan. Er redet nicht viel, aber er kann denken. Ich vermute, das wird von Architekten verlangt und ist bei Ärzten nicht dringend erforderlich.

»Nenn ihn doch Rex«, schlug Stefan vor, »das paßt zu einem großen Hund.«

»Wie kommst du denn da drauf? Der kleine Mann ist doch nur ein winziges Häufchen.«

»Warte nur mal ab«, lachte mein Stefan, »schau dir doch mal seine großen Pfoten an. In deinem kleinen Mann steckt allerhand Großes. Auf alle Fälle ein Sennenhund oder ein Bernhardiner. Vielleicht auch ein Leonberger.«

»Und ein Stückchen Chow Chow«, wauwaute ich, »seine Zunge wird schon blau.«

»Mein Gott«, seufzte Julia, »wer in aller Welt wird uns je einen so großen Hund abnehmen?«

Welch unerwartetes, willkommenes Wende-Wunder. Es war der erste vernünftige Gedanke meiner Gnädigsten, seit sie den Deckel der Mülltonne aufgerissen hatte. Beglückt sprang ich auf ihren Schoß, sturzlandete auf dem Knabberkönig, pfotete ihm seine verdammte Schnauze zu, als er zu plärren anfing, und ließ meine Pfundsfrau wissen, daß ich nicht nur die Botschaft gehört hatte, sondern auch an sie glaubte. Ich schnurrte Seligkeit und freudejubelte mit den Augen. Der Tag würde kommen, da wir wieder allein und frei sein würden – ein einig Volk von Frauen.

»Abwarten und Tee trinken«, sagte Stefan.

Julia schaukelte die Melancholie in ihren Augen einmal rund um die Pupille und sah so aus, als hätte ich ihr soeben die Butter vom Brot geschleckt. Sie behauptet nämlich, der Satz wäre typisch Mann und ein sicheres Zeichen dafür, daß die Kerle am Ende ihres Lateins sind. Ich sehe das anders. Meiner Meinung nach ist Abwarten voll okay. Auch Teetrinken führt weder zu Kriegen noch Umweltschäden. Offenbar sah es Rex ebenso. Er warf gleich die ganze Teekanne um.

Immerhin schlief er zum ersten Mal die Nacht ohne Gejaule durch und ich endlich wieder auf Julias Kopfkissen. Sie feierte die Rückkehr zur Intimität mit Maiglöckchenparfüm auf Hals und Stirn und spendierte mir als Betthupferl eine schön fette Öl-sardine.

»Du bist doch meine Einzige«, flüsterte meine rührend optimistische Duftbombe, als wir das Licht ausknipsten, »Mami wird dafür sorgen, daß du deine Kinder in Ruhe kriegen kannst.«

»Mach dir um mich keine Sorgen«, liebschnurrte ich.

Der geballte Schlaf der Nacht tat Rex viehisch wohl. Er war sprungfederfidel, als wir ihn morgens aus der Küche holen wollten, schleifte ein Handtuch hinter sich her und wankte nicht mehr auf seinen dürren Stolperbeinen herum wie ein Storch mit Muskelkater. Mich begrüßte er mit Zungenkuß Marke extrafeucht. Mit viel Geduld lotsten wir den Herrn in den Garten. Er hatte gerade entdeckt, daß Hunde eine Vierpfoten-Bremse haben, sperrte beim Ausprobieren die Schnauze auf, wackelte mit der Blauzunge und wedelte beglückt mit dem Körperteil, das einmal ein Schwanz werden sollte.

»Süß«, jubelte Julia.

Ich gab der Zuckerbombe einen kräftigen Schubs und flehte alle Katzengötter an, die Vögel und Mäuse mit Blindheit zu schlagen, damit sie nicht mitbekamen, daß aus einer linienbewußten Jagdkönnerin eine lächerliche, hochträchtige Hundegouvernante geworden war.

»Mach dein Geschäftchen, Rexilein. Sei ein braves, braves Bubilein«, leierte Julia in Richtung Rasen.

»Es fehlt nur noch, daß du ihm den Konjunktiv beibringst«, krachte ich. »Ein Hund braucht kurze Befehle. Babysprache macht ihn genauso verrückt wie mich.«

Rexilein ging in die Knie, erwischte im feuchten Gras eine verirrte Rosenknospe, verschlang sie samt Schnecke mit Eigenheim, verschluckte sich erbärmlich und wurde unmittelbar vor dem Ersticken an Julias Busen gehievt. Sein »Geschäftchen« hat der brave Strampel-Bubi auf ihrer frisch gestärkten Bluse getätigt.

Sie hatte kaum noch Zeit, das Naßvieh in die Küche zu sperren, sich umzuziehen und mich mit einer

Scheibe Speck (natürlich der Eile wegen unge-
braten) auf die Arbeit einzustimmen. Genau dreißig
Sekunden vor dem ersten Patienten hetzten wir in
die Praxis.

Rex schrie, als sei er abermals in der Mülltonne gelandet. Die Pausen, in denen er Atem holen mußte,
nutzte er zum Dauerwinseln. Obwohl ich froh war,
ihn hinter verschlossener Tür zu wissen, tat er mir in
seiner großen Verlassenheit leid.

Unser Patient hieß Martin Biermann und war in
Sachen Mitleid absolut Selbstversorger. Er schob
sich mit Schniefnase und Hosentaschenhänden ins
Zimmer und machte es sich grußlos in seinem
Stimmungstief gemütlich. Julia sah mich an, ich
zwinkerte zurück, und wir waren uns beide einig,
daß der komplizierte Herr Biermann für uns im
Moment so gut wie ein Lottosechser war. Der
Mann war ein passionierter Schweiger und teil-
nahmslos wie ein vereinsamter Goldfisch im zu
kleinen Marmeladenglas. Er hatte sich bisher
weder von Julia noch von mir seinen Weltschmerz
vermiesen lassen.

Biermann, ein Bankangestellter mit gutem Einkom-
men, zufriedenem Chef und netten Kollegen, war
unglücklicher Besitzer eines Traumas und einer
Villa im Grünen; die dazugehörige Grüne Witwe
hatte sich mitten beim Backen einer Quark-Sahne-
Torte für seinen neunundvierzigsten Geburtstag zu
einem Selbstverwirklichungs-Trip aufgemacht und
schrieb seit drei Monaten Postkarten aus Nepal.

Wenn Biermann wirklich einmal den Mund auf-
klappte, referierte er über die »Warteschleife des
Lebens« und beklagte sich, daß für ihn alle Lande-
bahnen gesperrt seien.

Meistens hockte er jedoch verstimmt und ver-
stummt auf seinem Stuhl und zählte, sobald Julia
ihn etwas fragte, die Knöpfe an seinem mausgrauen
Jackett ab. Es waren noch drei. Der unterste hatte
Sehnsucht nach der Hausfrau und plante gleichfalls
den Absprung nach Nirwana.

Madame Therapeutin riet dem orientierungslosen
Flieger bei jeder Konsultation mit Sphinx-Blick und
Heiserstimme: »Lassen Sie Vergangenes vergangen
sein. Sägen Sie kein Sägemehl.« Auch nun phrasen-
dreschte sie putzmunter vom Handwerk.

Ich glaube, das hat den Mann ohne Lotsen noch
mehr verärgert als die entgangene Quark-Sahne-
Torte. Julia sollte nur Frauen behandeln; von Män-
nern versteht sie nicht genug. Die sind zu empfind-
sam, um sich ausgerechnet dann für Rätsel zu er-
wärmen, wenn sie gerade ihre blauen Socken
zusammen mit weißen Hemden gewaschen haben.
Die von Biermann hatten bereits einen Bleu-
schleier. Genau wie sein Gesicht.

Allein hätte ich mich längst nicht so schwer getan,
ihm einen passenden Landeplatz zu suchen. Der
Neurosenjongleur rührte mich, wie er zusammengeschrumpft da saß, zurück auf die Erde wollte und
keinen Kompaß hatte; ich spürte, daß er Blickkon-
takt mit mir suchte, sich aber zu zeigen genierte,

daß ihn im Leben doch noch ein weibliches Wesen
interessierte.

Ich wollte ihm gerade zu verstehen geben, daß er
mit mir über alles reden könnte, wenn ihm nach
einem Stück gesunden Menschenverstand zumute
war, als Rex die zweite Jaul-Runde einzukreischen
begann. Er war offenbar aus der Küche ins Schlafzimmer gelangt und hatte auf dem Weg dorthin
seine Bell-Batterie frisch geladen.

»Manchmal höre ich sogar schon Stimmen«, ängstigte sich Biermann.

»Sie müssen die Laute aus Ihrer Tiefe zulassen. Ver-
schließen Sie sich nicht.«

»Hören Sie denn gar nichts?«

»Nur die negativen Gedanken, die in Ihnen wüten,
Herr Biermann.«

Es ist nicht meine Art, ein Therapiegespräch zu
unterbrechen, auch wenn ich es noch so ätzend
fellsträubend finde. Ich finde aber, es verträgt sich
nicht mit unserem hippokratischen Eid, einen Menschen, der ohnehin falsch gepolt ist, im Glauben zu
lassen, bei ihm wären endgültig alle Sicherungen
durchgebrannt.

»Julia, das kann doch nicht dein Ernst sein«, fauchte
ich, »das Vieh brüllt das ganze Haus zusammen, und
du faselst von inneren Stimmen.«

»Da bellt doch ein Hund«, beharrte Biermann mit
genug Energie, um einen Lastwagen anzuschieben.
Er nahm seine Hände aus den Taschen (das erste
Mal!) und trommelte auf den Tisch. Es bewegte

226

mich sehr, daß er dabei mich und nicht Julia ansah. Unauffällig schob ich ihm eine Beruhigungspfote hin.

»Es ist ein Hund«, maunzte ich.

Da hat es endlich bei Julia geklickt. »Einen Moment mal«, hustete sie, »ich bin gleich wieder da.«

Mega-Ausrastung! Schon in der Küche fing sie an zu schreien. Im Schlafzimmer versuchte sie, das krachende Rexilein niederzubrüllen, und danach hörte ich sie nur noch jammern.

»Hilfe«, kreischte sie. »Ich kann nicht mehr. Kommt mir denn keiner helfen?«

Biermann und ich sind zu gleicher Zeit gestartet. Wir hetzten durch die Diele und rannten am Badezimmer vorbei. Ich gewann schon deshalb die Rallye um Längen, weil Biermann in der Küche auf einer Pfütze ausrutschte und im Schlafzimmer einen Sessel umwarf. Dann tobte der Orkan los.

Biermann lachte Donner. Er hatte das so lange nicht mehr getan, daß er komplett aus der Übung war und wie Rumpelstilzchen herumhopste. Er raufte sich die Haare, riß sich die Jacke vom Körper und die Krawatte vom Hals. Ich dachte, er wollte strippen, und riet ihm, sich ohne falsche Scham freizumachen.

»Nein«, schrie er und gewitterlachte dabei riesige Wolken von Federn an die Wände.

Julia saß auf der Bettkante und sah aus wie ein mittelalterlicher Wasserspeier auf einem Dorfbrunnen. Sie heulte sich abwechselnd Make-up vom Gesicht

und rieb das bunte Klebezeug per Ärmel in die
Bluse. Mit der Nummer hätte sie in jeder Talk-
Show auftreten können.

Zahnwunder Rex hockte hechelnd auf dem bißchen
Daunendecke, das noch übriggeblieben war. Schon
der erste Biß muß dem Prachtstück einer Decke
den Garaus gemacht haben. Das Bett, der Fuß-
boden, Sessel und Nachttisch waren von Federn
bedeckt. Sie quollen dem Hundesatan aus der
Schnauze, klebten auf Rücken und Bauch und hin-
gen ihm aus den Ohren. Seine Kulleraugen funkten
Frohsinn, die Blauzunge schäumte.

Julia drosch mit Boxerfaust in alle Richtungen, landete einen halben K.-o.-Schlag im Biermann-Bauch
und weinte aufs neue los.

»Wo haben Sie den denn her?«

»Aus der Mülltonne«, heulte Julia.

Natürlich fing Biermann wieder zu lachgluckern an,
aber er setzte sich auf das Bett, nahm Rex auf den
Schoß und wurde im Nu ein echt süßer Softie. Er
fing an, das blöde Vieh zärtlich zu entfedern, und
raunte ihm zu: »Genau so einen wie dich hatte ich
mal in meinem früheren Leben.«

Er hat nur geflüstert, doch ich hörte ihn und sah
Julia an. Natürlich war mit ihr nichts anzufangen.
Sie jammerte nur noch um ihre Decke und die ver-
geudete Therapiestunde. Mit Kleid und Haar voller
Federn sah sie so lecker aus wie eine pfundsdicke
Gans.

»Die Therapiestunde war nicht vergeudet«, sagte

Biermann und hörte abrupt mit seiner Lachparade auf, »ich habe mich seit drei Monaten nicht mehr so wohl gefühlt wie in der letzten halben Stunde. Dieser wackere Welpe hat mir doch manches bewußt gemacht.«

»Sie können ihn haben«, schluchzte Julia, »ich weiß nicht mehr ein noch aus mit diesem Zirkus. Meine Sissi kriegt nämlich Kinder.«

»Sie Ärmste«, tröstete Biermann. Er hatte die Mildstimme der Therapeuten, setzte Rex auf den Boden, holte einen Besen und hörte gar nicht mehr auf zu kehren. Der Mann war ein richtiges Fegefeuer. Ich wurde eine Prise eifersüchtig – Stefans wegen.

Der gute Rex war augenscheinlich zeit seines kurzen Lebens auf der Suche nach einem männlichen Leittier gewesen. Er folgte Besen-Biermann wie ein Lämmchen der Mutter. Es fehlte nur noch, daß er blökte. Blieb Hunde-Papi einmal stehen, legte sich Sohnemann auf den linken Schuh und kaute an den Bändeln vom rechten. Biermann mußte sich dauernd bücken, um das mißratene Federvieh zu streicheln, und sagte, bis ich es nicht mehr hören konnte: »Bist doch ein ganz feiner, feiner Hund.«

Julia wurde ruhiger und hat zweimal sogar wässerig gelächelt. Ich begriff, daß sie in Hoffnung war. Als Biermann fertig aufgeräumt hatte, verabschiedete er sich windmäßig schnell. Julia gab er so verschämt die Hand, als hätte er eigenzahnig die Daunendecke zerfressen, Rex drückte er zum Abschied, bis der quietschte, und strich ihm verlangend über den

Rücken. Mich hat er gekrault. Ziemlich abwesend. Deswegen allerdings war ich nicht enttäuscht. Nur hatte ich mir mehr von der sogenannten Liebe auf den ersten Blick versprochen.

»Es wäre wirklich zu schön gewesen«, seufzte auch Julia am Abend.

Wir genossen gerade den ersten ruhigen Moment seit Tagen. Rex hatte eine Viertelstunde zuvor eine Flasche von Stefans geliebtem Bordeaux umgestoßen und eine Riesenportion aufgeschleckt. Nun schlief der Stinker schnarchend seinen Rausch aus. Julia studierte Kataloge für preiswerte Bettwäsche und ich ihr Gesicht. Es sah so entspannt aus wie vor den Hundsqualen.

»Von mir aus kann er bis in alle Ewigkeit besoffen bleiben«, sagte ich.

Da klingelte das Telefon.

»Verdammt«, fluchte Julia.

Noch ehe sie aber den Hörer abhob, sagte mir mein Instinkt für das Absonderliche im Menschen, daß es Biermann war. Mir reichten dann auch ihre Honigstimme und Kinderglanzaugen, um zu wissen, was er wollte. Ich sprang zum Schreibtisch, knabberte an Julias Wange und riet ihr, nicht alles auszuplappern, was ihr in den Sinn kam. Viel Hoffnung hatte ich nicht.

Wäre die gute Julia nicht Ärztin geworden und statt dessen im diplomatischen Dienst gelandet, hätten wir jeden Tag einen neuen Weltbrand. Es kam dann auch absolut so wie befürchtet. Mein Dummchen spielte Mimose, zierte sich schauerlich, stammelte nur Stuß, sagte: »So ein Opfer kann ich doch nicht von Ihnen annehmen«, und lispelte wahrhaftig auch noch: »Rex wird Ihr Leben total aus dem Lot bringen.«

Später hat sie frech behauptet, genau der Satz hätte Biermann die Entscheidungshilfe gegeben, die er brauchte. Als gläubige Bergeversetzerin duldet Julia nun mal keine Götter neben sich. Noch nicht einmal eine klitzekleine Schlaukatze wie mich. Während meine Therapeutese nämlich dabei war, mit ihrem Gefasel unser beider Glück für immer zu verspielen, schlich ich in die Küche und biß den miesen kleinen Säufer in seinen fetten Hintern – mit jedem Zahn, den ich in der Eile mobilisieren konnte. Rex schrie so gellend, daß Biermann ihn auch mit einem Pfund Watte in den Ohren gehört hätte.

»Er will mir guten Abend sagen, der kleine Prinz«, blödelte der Dussel gerade ins Telefon, als ich ins Wohnzimmer zurückhüpfte.

Ich konnte mir richtig den Butterberg auf seinem Teppich vorstellen, der einmal sein Herz gewesen war. Julia war knallaufgedreht, als sie Wonne spuckend sagte: »Wir werden Ihnen den Kleinen frisch gekämmt und frisch gefüttert übergeben.«

»Damit er unterwegs gleich das ganze Auto einsaut«, fauchte ich, aber so zum Schnurren zumute war mir selten gewesen. Ich strich Liebe um die Julia-Beine und haarte voll zufrieden auf dem Teppich.

Sechsunddreißig lange Stunden später ist der süße

kleine, unschuldige Rexibub aus unserem Leben geschieden. Biermann übrigens auch. Logischerweise hatte er keine Zeit mehr, zur Therapie zu kommen. Sein gutes Geld brauchte er nun für eine ganz ordinäre Promenadenmischung. Bestimmt mußte er Überstunden machen, um das Freßmonster zu ernähren und für die Schäden aufzukommen, die es machte.

Am Schicksalstag rückte der Hundepapa bei uns in Designerjeans und gelbem Hemd an, mit Korb, Leine, einem viel zu weiten Halsband, einem Doppelpaket Hundekuchen, mit einem Blechnapf, der groß genug für eine deutsche Dogge war, Vitamintabletten und einem Sack Nährflocken. Der liebenswerte Trottel zeigte uns seine Beute mit einem Stolz, als hätte er die Trophäen im Dschungel erlegt – tatsächlich redet jede Tierhandlung ihren Kunden den gleichen Quatsch als notwendige Grundausstattung für den Ersthund ein.

Obwohl ich bei der Szene Mauerblümchen spielen mußte, war meine Laune super. Wieder einmal hatte ich die einzig richtige Entscheidung getroffen. Biermann und Rex waren füreinander geschaffen. Der Mann strahlte, als hätte ihm seine Grüne Witwe endlich aus Kathmandu die verspätete Geburtstagstorte geschickt, und der Hund war ein einziger bellender, hechelnder, zungenschleckender, schwanzwedelnder Glückshaufen. Uns hat Rex weder für unsere Gastfreundschaft noch für die Rettung seines Lebens gedankt.

Trotzdem waren Julia und ich uns einig, daß wir es wieder tun würden. Es ist nämlich bodenlos katzendreist zu glauben, daß die Menschen immer nur dummreden. Mit der Behauptung, daß ein gutes Gewissen ein sanftes Ruhekissen sei, haben sie sogar goldrecht.

»Nur wir zwei«, sagte Julia, als das Auto mit Biermann, Rex und den Vitaminpillen die Straße hinunterstank.

Unser Leben war wieder silbergestreift und rosaschön. Julia, herzensbefreit und engelsfroh, und ich saßen in der blauen Stunde zwischen Tag und Nacht auf dem Sofa und suckelten Stille. In der Küche tickte nur die Uhr.

»Es ist, als sei ein Vogel aus dem Nest geflogen«, sagte meine große Sentimentale.

»Du hast recht«, staunte ich.

»Er hat's bestimmt gut getroffen, unser Rex.«

»Und wie«, versicherte ich Madame Glucke.

Wir setzten uns ans Fenster, schauten den Schwalben bei ihrer angeberischen Flugschau zu und beobachteten, wie sich die Stiefmütterchen in den Schlaf wiegten. Als wir die Stehlampe anknipsten, sah Julia sich einen Moment verängstigt um, gluckste jedoch rasch Entwarnung. Wir brauchten nicht mehr zu fürchten, Rex würde in die Kabel beißen und durch Elektroschock verenden. Der Teppich war trocken, die Tapete außer Gefahr. Unter dem Schreibtisch lag ein Rest von der Büffelhaut, auf dem der niedliche kleine Zahnvampir sein Talent entwickelt hatte. Richtig rührend! Es duftete noch schwach nach nassem Hund und schon wieder stark nach Maiglöckchen.

Statt mit Winsel-Winsel-Jaul-Jaul speisten wir mit Klassenbewußtsein. Auf dem Tisch lockte in einer schlanken Silbervase eine delikate langstielige Rose, der ich mich später in Ruhe widmen würde. Die Vorspeise war klein, doch genau passend zum Anlaß: krosser Buttertoast mit Lachstatar. Danach aß Julia Hühnersalat mit meinem Lieblingsdressing (Roquefort-Sahne). Ich speiste von ihrem Teller-chen, während sie verträumt ihre Bilder bestaunte. Mein Porträt hat sie erquickend lange augenlieb-kost.

»Schade, daß du nicht schnurren kannst«, sagte ich.

»Du schnurrst ja so zufrieden«, erwiderte sie. »Soll ich uns zur Feier des Tages ein wenig Musik ma-chen?«

Weil sie unseren Patienten ständig Mozart als einen Meistertherapeuten empfiehlt, gestattete ich ihr die »Kleine Nachtmusik« und einen generösen Happen »Zauberflöte«, obwohl ich die Königin der Nacht, für die Julia so schwärmt, eine fetzende Nervensäge finde. Rundum gut gefällt mir Mozart nur als Scho-kokugel mit Nougat und Marzipan.

»Endlich allein«, murmelte Julia, als wir uns in die Seidenkissen kuschelten und uns aus dem Tag mu-sikträumten.

Ich grübelte sehr, ob sie vergessen hatte, daß sich die Zeit der Zweisamkeit mit den Siebenmeilenstie-

feln, von denen sie immer fabuliert, dem Ende
näherte. Anmerken ließ ich mir nichts. Es wäre
unanständig gewesen, Julia in ihrer Euphorie ein
Süppchen mit Haar zu servieren. Sie brauchte
Liebe und Schonung. Morgen war Zeit genug, sie
auf das Leben einzustimmen.

Als wir aber zu Bett gingen, schleppte Frau Doktor
das Buch von der Tierärztin an und runzelte Stirn.
Ich legte meinen Kopf auf ihre Schulter und ließ
mir Zukunft vorlesen. Julchens herrlich koloratur-
lose Stimme sanftelte, aber ihre Augen unkten
Angst.

Tröstend sah ich meine Königin der Nacht an und
träufelte einen Tropfen Mozart in ihr Ohr.

»Ich baue ganz auf deine Stärke«, sang ich.

13.

*I*ch hockte hinter der Gardine, schaute zum Fenster hinaus, putzte mich munter und sah zu, wie das Paradies erwachte. Der Apfelbaum trug eine Robe aus rosa Blüten; jeder Zweig bat die Bienen zum Frühstück. Die Sonne trank Tau aus Rosenkelchen und strahlenzauberte Illusionen. Eine Blaumeise hielt sich für einen Falken, Meister Maulwurf in den Begonienbüschen für einen Schlaufuchs mit Aussicht auf eine große Karriere, und die Gänseblümchen erzählten den Maikäfern, sie seien Margeriten. Wespen prüften ihre Taillen, ehe sie die ersten Töne summten. Ich wußte Bescheid – dieser Sonntag plante die große Überraschungsgala. Julia hat das auch gespürt.

Sie hüpfte, sorgenfrei wie ein Osterhase auf Urlaub, direkt vom Bett ins Badezimmer, schaute in den Spiegel und lächelte sich zu. Das kommt bei ihr superselten vor. Ganz im Gegensatz zu mir hat Julia eine ausgeprägte Neigung, sehr selbstkritisch mit ihrer äußeren Erscheinung umzugehen, was in der Regel nur zu gemütlichkeitsmordenden Entschlüssen führt – große Schüsseln von grünem Salat, morgendliche Verrenkungen vor geöffnetem Fenster und der Dauerfrust, für den labile Menschen ein besonderes Faible haben.

»Weißt du eigentlich«, fragte Kraul-Julia zärtlich und schmierte mein Fell mit ihrer neuen Avocado-Pfirsich-Handcreme fettig, »daß heute Muttertag ist?«

»Du bist wirklich für jeden Kitsch gut. Hoffentlich hast du mir keinen Topflappen gehäkelt. Ich bin nämlich noch nicht Mutter.«

Offenbar schmuggelt die Kosmetikindustrie in ihre neuen Hautpflegeserien irgendwelche Stimmungsheber hinein, die doch sehr tiefgreifende Nebenwirkungen haben und den Realitätssinn vernebeln. Ich fand es jedenfalls äußerst bedenklich, daß sich Julchen ihren Optimismus nicht einmal von unübersehbaren Fakten verderben ließ.

»Ich schlage vor«, plante mein reizendes Scheuklappenpferdchen, »daß wir fürstlich brunchen. Das haben wir verdient.«

Speisemäßig erlag die Hausfrau auch da einer gewaltigen Selbsttäuschung. Es gab spießige Rühreier mit Hinterschinken vom Sonderangebot, dazu salzige Sardellenbutter und – zugegeben besonders gut gelungene – hauchdünne Crêpes mit einem vom Verband der kanadischen Zahnärzte gesponserten Ahornsirup und frisch geschlagener Sahne. Julia aß so schnell und viel, als wäre sie wochenlang nur mit einem Rucksack Trockenfutter in der Sahara ausgesetzt gewesen.

Zum Glück hat die niedlich schmatzende Blindkuh

nicht gemerkt, daß ich längst nicht so enthusiastisch tafeln konnte wie sie. Ich überlegte beunruhigt, während ich mir den Rest der Sahne vom Fell leckte, ob sie schon weit genug in ihrem Lehrbuch für werdende Katzenmütter vorangekommen war, um mangelnden Appetit im allerletzten Stadium der Trächtigkeit einwandfrei zu deuten.

Beim entzückenden Après-Brunch besänftigte sie indes mit soviel Kraul-Kraul-Kuschel-Kuschel meine angespannten Nerven, daß ich bald wieder angstfrei ihre großen Zärtlichkeiten und kleinen Komplimente erwidern konnte.

»Es ist wirklich ein Tag zum Eierlegen«, plappermaulte Julia.

Sie sah ansteckend faul und entzückend satt aus; ich mochte sie nicht rügen. Sonst frage ich bei diesem unpassenden Vergleich nämlich recht garstig, ob gnädige Frau sich für eine Legehenne hält. Meine Julischka war eben eine richtige Karrierebiene mit einem hochentwickelten Talent, in der Freizeit den Verstand zu schonen. An diesem Sonntag, der mit uns beiden Großes plante, duftete sie wunderbar nach kalorienschwerer Behäbigkeit und zukunftsblickte nicht weiter als bis zum blühenden Apfelbaum.

»Nächste Woche kaufe ich uns das gute Apfelgelee«, plante sie.

»Mach das«, schnurrte ich.

Eigentlich wollte ich ihr sagen, daß es mich unwohlte und daß ich dringend Sonne und einen Frischgras-Happen brauchte. Es war mir jedoch peinlich, die entrückte Seelenbaumlerin durch einen Hinweis auf meine körperlichen Bedürfnisse zu derangieren.

Zum Glück hat es genau in dem Moment geklingelt, als ich den ersten Würgereiz spürte. Wir standen – freilich aus sehr unterschiedlichen Gründen – beide gleich schwerfällig auf und rollten uns zum Gartentor. Dort schwenkte ein Radfahrer mit einem großen Paket auf seinem Gepäckträger einen Blumenstrauß.

»Herr Biermann schickt mich«, sagte er.

Zum Dank für die große Wende in seinem Leben schickte mir der liebe Biermann einen Strauß leckerer Baccaratrosen, obwohl ich ihm ja nie verraten hatte, daß ich gerade die besonders schmackhaft finde. Die Schokoladentorte für Julia hatte die Ausmaße eines Florentinerhuts, wie ihn junge adelige Flirtmamsells auf der Bühne tragen. Mir war sofort klar, daß ich die Torte nicht Julia allein überlassen durfte. Gutmütig machte ich mich nützlich und naschte ein paar Brocken von der Dekoration, die sie beim Auspacken fallen ließ.

Auf spiegelndem Zitronenguß und umgeben von winzigen Vergiß-mein-nicht-Blüten thronte ein niedlicher Welpe aus kaffefarbigem Marzipan. Welch eine charmante Erinnerung an die wunderschöne Zeit mit unserem unvergessenen, unvergeßlichen Rex! Das Tortenhundchen war wirklich zum Fressen. Es saß auf einem weißblaugestreiften Kissen;

um die weit aufgerissene Schnauze wehten Federn aus gesponnenem Zucker. Julia zeigte wie das neckische Kuchentier beim Lachen alle Zähne.

»So spendabel hat sich noch nie ein Patient gezeigt«, bellte mein kleines Kicher-Mädchen, »aber was um Himmels willen sollen wir mit diesem Tortenmonstrum anfangen?«

»Laden wir doch Stefan zum Kaffee ein.«

Wenn ihr ein Vorschlag von mir spontan zusagt, ist Julia längst nicht so begriffsstutzig wie sonst. Sie watschelte beglückt ans Telefon und schaute mich so dankbar an, daß ich fast Gewissensbisse bekommen hätte, weil ich sonst nie zu Konzessionen auf Kosten der Intimität bereit bin. Der Sonntag ist mir heilig. Immerhin hat meine Liebste nur an diesem einen Tag Gelegenheit, voll auf meine Bedürfnisse einzugehen, und für sie ist es auch wichtig, daß sie sich sonntags ohne beruflichen Streß mit mir aussprechen kann.

Auf einen guten Charakter wirkt sich eben allein schon der Anblick einer Torte positiv aus – Therapeuten sollten das endlich berücksichtigen. Außerdem fand ich es klüger, Leid und Freud rationell zu dosieren. Es widerstrebt mir, Julia sonntags wie wild auf die Pauke hauen zu lassen. Die vielen Montagsdiäten haben mir zur Genüge bewiesen, wie sehr Wechselbäder die Stimmung verderben.

Zudem konnte ich mir Großmut leisten. Stefan würde spätestens nach dem Nachtmahl aufbrechen. Er ist in dieser Beziehung ein pflegeleichter Gast, beginnt die Arbeitswoche grundsätzlich in seiner eigenen Wohnung und hat montags noch nie mit uns gefrühstückt. Das macht ihn so sympathisch.

Stefan störte zwar den Ausklang unserer Siesta, verzog sich jedoch schon nach der ersten kleinen Bussi-Bussi-Runde rücksichtsvoll in den Keller. Ich hörte ihn dort fluchen, hämmern und sägen und versuchte, Julia zuzuzwinkern, aber sie wich meinem Blick aus. Erst als ich auf ihren Schoß sprang und sie zum Augenkontakt hypnotisierte, gab sie, ein wenig verschämt, zu: »Es soll doch eine Überraschung für dich sein, meine Süße.«

»Deine Süße hat Bauchschmerzen, aber einen gesunden Kopf. Ich kann immer noch zwei und zwei zusammenzählen.«

Eine Viertelstunde später konnte ich nur noch staunen, einen halben Salto schlagen (der ganze ging nicht mehr) und jenes langgezogenes »Wau« heulen, das geschmackloserweise in der Sprache unserer Zeit als Ausdruck höchster Zustimmung gilt. Ich war tief bewegt und im ersten Moment sogar ein wenig erschrocken.

Die Wurfkiste war keine gewöhnliche Auftragsarbeit. Sie war ein Jahrhunderthit. Der Architekt hatte es sich nicht bequem gemacht und eine dieser albernen Holzkisten benutzt, die mir bekanntlich eine Zeit des Gemüseterrors beschert und inzwischen als Kellerregal Verwendung gefunden hatten. Sie wären ohnehin viel zu grob für das Wochenbett einer Siamesin gewesen. Für mich und nur für mich hatte Stefan zu einer einmalig geglückten Synthese von solider Handwerklichkeit, Kreativität und Liebe gefunden.

Überwältigt von der Stilsicherheit und den vielen reizvollen Designer-Varianten, baßschnurrte ich Beifall und biß Stefan zart in den Knöchel. Nie war ich mir so sicher wie in diesem Moment, wie klug und selbstlos es gewesen war, daß ich ihn und Julia zusammengebracht hatte. Mein geliebter Stefan ist ein Mann, für den es ein internationales Arten-schutzabkommen geben müßte. Er denkt mit dem Herzen und weiß immer, wann er still zur Seite tre-ten muß.

»Nicht wahr, wir werden das Kind schon schaukeln, Prinzessin«, sagte er.

Ein Meister der Worte ist unser guter Stefan ja nie gewesen, aber er ist ein Künstler mit begnadeten Händen und wachen Augen. Nur darauf kommt es an. Aus einer Teakholzschublade hatte er eine Fluchtburg geschaffen, in der die Katzen vom Buckingham Palace nicht standesgemäßer hätten niederkommen können – leider hält es die gegen-wärtige Regentin mit häßlichen Hundeimitationen. Mein königliches Lager war mit einer feinen Ma-tratze aus rotem Velour gepolstert. Die Seiten-wände waren mit auffallend kratzfreundlichem Bast bezogen, und über die ganze Weite dieser phanta-sievollen Oase hatte der Schöpfer einen moosgrü-nen Baldachin aus festem Segeltuch gespannt. Ste-fan brauchte keine Bücher. Der hatte Instinkt und

Intelligenz; er wußte, daß Katzen in ihrer Schicksalsstunde einen Höhlenkomplex haben und ein Dach über dem Kopf möchten, das ihre Persönlichkeit zur Geltung bringt.

»Ich bin ja so froh, daß es dir gefällt Prinzessin«, sagte Stefan respektvoll.

Ich sprang augenglühend in mein putziges Palais und nahm mir viel Zeit, sorgsam jede Ecke einzuduften und noch einmal den stolzen Bauherrn anzusehen, ehe ich die Augen schloß. Schlafen konnte ich aber nicht.

»Ich glaube«, flüsterte Julia, »sie hat deine Wurfkiste angenommen. Ob wir sie fragen dürfen, wie lange sie uns noch auf die Folter spannt.«

»Lieber nicht«, riet Stefan. »Katzen lassen sich nicht drängen.«

Es war balsamberuhigend, das leise Gemurmel von geliebten Troststimmen zu hören, abwechselnd zu dösen und ein bißchen vor mich hin zu philosophieren. Mir war, als glitte ich auf Sanftpfoten der Zukunft entgegen. Trotzdem stand ich auf, als Julia den Kaffeetisch deckte.

Biermanns Torte lag auf der Kristallplatte, die Schlagsahne in meiner Lieblingsschüssel mit dem feinen Rosenmuster. Ich setzte mich zwischen Julia und Stefan. Wir haben alle drei geschnurrt. Meine pralle Putte tauchte ihren Zeigefinger in die Sahneschüssel und hielt in mir hin. Sie merkte nichts, als ich in den weißen Berg nur zungentauchte und den Kopf zurückzog. Es rumorte sehr in meinem Leib.

»Du solltest sie heute nicht überfüttern«, mahnte der Kluge.

»Warum?« fragte die Naive, holte Cognac und stellte gänschenkichernd ein Glas vor mich hin. »Nicht wahr, du willst doch zur Feier des Tages auch ein Prösterchen machen?«

»Übermut tut selten gut«, hauchfauchte ich, »du brauchst einen klaren Kopf.«

»Möchtest du mal wieder Skat spielen?« mißverstand Julia.

»Der dritte Mann würde heute nur stören«, erkannte Stefan. »Bringen wir Prinzessin lieber Domino bei. Das lenkt ab.«

Stefan hatte recht. Domino ist ein raffinierter Sorgenbrecher. Dieses wehenfördernde Spiel kann nur von einer hochträchtigen Katze erfunden worden sein. Die weißen Punkte taten meinen Augen wohl. Ich bannte sie in Linien und machte aus den Linien wieder Kreise, schob die schwarzen Steine ineinander und dann und wann einen vom Tisch.

»Kling und Klang«, dominote ich.

Obwohl meine Pfotenschläge nicht mehr präzise waren, gewann ich zwei Partien. In der dritten überließ ich Stefan den Sieg. Julia träumte vor sich hin und wimpernklapperte.

»Du mußt dich schon konzentrieren«, riet ich ihr, »weshalb mußt du ausgerechnet, wenn wir spielen, unter dem Tisch nach Stefan grapschen? Wir sind doch nicht im Kindergarten.«

»Nein, noch nicht«, sagte sie.

»Doch«, widersprach Stefan, »ich muß heute unbedingt noch etwas arbeiten.«

»Und wenn ich dich brauche?«

»Dann komme ich sofort. Aber mach dich nicht verrückt. Prinzessin ist noch viel zu ruhig. Ich glaube, das wird heute nichts mehr.«

»Es ist schon vernünftig eingerichtet, daß nicht die Männer die Kinder gebären«, sagte ich und ging in die Küche.

Auch das noch! Julia muß gedacht haben, daß eine Katze auf der Stelle verhungert, wenn sie sich einmal im Leben am Sonntag nachmittag nicht so vollgestopft hat wie ihre Besitzerin. Mein unüberlegtes Fresserchen hatte den Napf randvoll mit Seezunge in dicker weißer Sauce gefüllt und den Ekelbrei mit einem Strauß Petersilie garniert – die absurde Idee stammt aus der Fernsehwerbung. Ich roch nur flüchtig an der Petersilie, die sonst sogar recht angenehm den Appetit anregt, und schon würgte ich fürchterlich und keuchte mich dabei schmerzhaft durstig, aber der Wassernapf war leer.

»Schau dir das an, Stefan«, brüllte ich und empörte mich zurück ins Wohnzimmer. Er war nicht mehr da. Großer Glückseufzer. Wir Frauen waren endlich allein! Der Countdown für den Babyboom war angelaufen.

So sehr ich Stefan verehre und schmusliebe, meine Kinder wollte ich ohne ihn bekommen. Die Theorie, daß der Kreißsaal für Männer ein bindungsprägendes Erlebnis ist und daß wir beim Gebären Pföt-

chenhalten wollen, ist mir zu feministisch, senti-
mental und menschendumm. Mein Bauch gehört
mir. Und Julia.
Ich brauchte ihre Hände, ihre Stimme, ihre Zärtlichkeit und Liebe. Sie aber brauchte noch viel
mehr – ihre einmalige Chance, sich zu bewähren.
Julia war so gluckengut und doch zu unreif für ihr
Alter. Im Streß des beruflichen Alltags war sie nie
dazu gekommen, ihr Peter-Pan-Syndrom richtig
aufzuarbeiten. Sie würde ewig Kind bleiben und
sich auf mich verlassen wollen, wenn sie nicht endlich genug Selbstbewußtsein entwickelte, um in kritischer Stunde mehr zu sein als eine verspielte Ku-
schelkameradin.
»Du schaffst es schon, meine Kleine«, ermunterte
ich sie, »du mußt nur ganz fest an dich glauben.«
Sie sah mich mit ihren großen Sanftaugen an. Grau
schillerte die Angst in ihren Pupillen; die Bewegungen waren fahrig. Wie schicksalsbarmherzig war es,
daß mein Häschen nicht merkte, wie aufgeregt ich
selbst war.
»Was ist los, meine Beste?« fragte sie. »Du bist ja auf
einmal so schrecklich unruhig. Komm, ich stell dir
deine Wurfkiste ins Schlafzimmer. Es ist wichtig,
daß du weißt, wo du hingehörst, wenn es soweit ist.«
»Lauf nicht dauernd so blöd herum«, schwächelte
ich, »das bekommt uns jetzt beiden nicht.«
Wir setzten uns auf das Sofa, seelenwärmten uns
mit Vertrautheit und hechelten einander Entspannung zu, aber ich konnte Julias Herz hören und sie

das meine. Mein Leib fing zu lärmen an, die Pfoten zuckten.

»Es ist doch auch für mich das erste Mal«, maunzte meine trockene Kehle.

»Ist es so weit?« fragte sie.

»Ja. Dreh jetzt bloß nicht durch. Kinderkriegen ist die natürlichste Sache der Welt.«

»Du mußt keine Angst haben, meine Süße. Kinderkriegen ist die natürlichste Sache der Welt. Ich bin ja bei dir.«

Der liebe Gott muß die Menschen in einer besonders romantischen Stimmung und unmittelbar nach den Schafen erschaffen haben. So ein Mensch ist rührend naiv und liebenswert, wenn er nicht weiter weiß. Da saß ich nun mit den ersten Wehen auf Julchens Schoß, doch sie war es, die stöhnte, schwitzte und schnaufte. Das Katzenbuch aber hielt sie bannerfest in ihren zitternden Händen.

»Ich weiß genau, was dir hilft«, las mir die angstheiße Stotterin vor und papierraschelte an mein zuckendes Ohr, »reden Sie auf Ihre Katze ein und lassen Sie das verängstigte Tier Ihre vertraute Stimme hören.«

»Mahlzeit«, stöhnte ich.

Ich wußte nämlich sofort, was kommen würde. Obwohl Julia bis zum totalen Stimmbruch darauf programmiert ist, auf Patienten einzureden, ist sie nicht flexibel genug, die Theorien von Wissenschaftlern auf die Bedürfnisse des Alltags umzusetzen. Bei Fällen außerhalb der Norm verläßt sie sich stets auf meinen sicheren Instinkt für das Selbstverständliche.

Madame Therapeutin redete bereits wie ein Wasserfall, doch fiel ihr kein vernünftiges Wort ein, das der Situation angemessen gewesen wäre, noch nicht einmal der übliche Quatsch von Loslassen, sich selbst annehmen und Seelenentsorgung. Ich mußte mir Grimms Märchen anhören und glaubte einen Moment tatsächlich, ich sei nicht mehr bei Sinnen. Oder sie. Mein geliebtes Schusseltier hatte in ihrer Nervosität, wie üblich, den Faden verloren und übersehen, daß es um Kätzchen ging und nicht um Kinder. Denen erzählt man Märchen, um sie von ihren Schmerzen abzulenken.

Mich riß es in allen Gliedern, mein Leib war am Explodieren, und Frau Doktor plauderte von Pfefferkuchenhäuschen und goldenen Pantoffelchen. Sie singsangte abwechselnd »Es war einmal« und »Wenn sie nicht gestorben sind, leben sie glücklich fort«, faselte vom spinnenden Dornröschen, von guten und bösen Feen, von Schneewittchens neckischen Zwergen und Rapunzels langem Zopf. Nur die Geschichte vom gestiefelten Kater, die einer verunsicherten Katze tatsächlich Lebensmut und Selbstsicherheit geben könnte, hat sie nicht erzählt.

Ob es Kindern nicht schadet, wenn sie so früh von gegrillten Hexen, vergifteten Schönheitsköniginnen und den Jägern erfahren, die einem Menschen das Herz aus dem Leib schneiden sollen? Mich jedenfalls wundert es seit der Stunde meiner Niederkunft nicht mehr, daß aus niedlichen kleinen Babys gemeingefährliche, aggressive Leute werden, die sich um Parkplätze und Gartenzäune streiten und die Kriege beginnen und nicht mehr wissen, gegen wen und weshalb. Merkte denn Julia nicht, daß meine Augen erstarrt waren, der Körper schon zuckte?

»Hör auf mit dem Quatsch, Julia. Ich kann nicht mehr.«

»Wo willst du denn hin, Sissilein? Bleib doch liegen. Mami ist gleich wieder da. Ich muß nur mal ganz schnell in die Küche. Ich glaube, die Suppe kocht über. Ich will jetzt auch das Wasser aufstellen.«

Wozu brauchten wir nach Biermanns Torte und der vielen Schlagsahne auch noch Suppe? Wer hatte ihr heißes Wasser eingeredet? Neugeborene Katzen werden nicht in Wasser geschwenkt, sondern Stück für Stück zungengetrocknet. Bekümmert sah ich Julia nach, als sie huhnkopflos hinausrannte. Nie würde sie es schaffen, mir mehr als nur mit Worten zu dienen.

Ich hörte sie in der Küche mit dem Suppentopf streiten und den Teekessel traktieren. Die Kelle polterte zu Boden, der Wasserhahn tropfte. Julia fluchte marktweibmäßig. Weinte die Ärmste etwa? Mein letzter besonnener Blick galt der Wurfkiste hinter der Couch.

Heilige Einfalt! Stefan war ein Tor. Er hatte es gut gemeint, sich aber tierisch total geirrt. Ich brauchte keinen bedrückenden Baldachin über dem Kopf,

wollte nicht auf unhygienischem Velour niederkommen, und schon gar nicht mochte ich in einer We-
henpause mit kitschigen rosa Schleifchen spielen.
Ich brauchte meine gewohnte, bürgerliche Atmo-
sphäre – das vertraute weiche Bett und die blüten-
weiße Tagesdecke mit Julias Maiglöckchenduft.
Mühsam, aber doch entschlossen schleppte ich
mich ins Schlafzimmer.
Ich war bereits zu schwach, um auf das Bett zu
springen, doch an den Fransen der Decke konnte
ich mich noch geschickt krallenhochziehen. Einen
Moment saß ich auf dem Kissen und zukunftsplante
Leben. In der Ferne hörte ich eine Katze schreien,
doch, ehe ich ihr Antwort geben konnte, merkte ich,
daß ich es gewesen war, die das große Siamesen-
gebrüll angestimmt hatte. Ich ließ mich auf den
Rücken fallen.
»Julia«, verlangte ich.
»Bin gleich da«, antwortete Heiserstimme.
Immer schön saumselig, meine Trödelliese. Wahrscheinlich stimmte das ganze Suppengeschwätz
überhaupt nicht, und sie hat in der Küche heimlich
geraucht. Natürlich hat sie es nicht mehr geschafft,
rechtzeitig ihren Dienst anzutreten.
Steinschwer und naß fiel das erste Katzenkind aus
mir heraus. Ich zerbiß die Fruchthülle, kaute die
Nabelschnur ab, schnurrte den Winzling schreile-
bendig, und schon kam der nächste Querkopf an.
Knabber-Knabber-Leck-Leck-Leck. Kinderkriegen,
Bett und Babys saubermachen, laut schnurren. Das

also nennen die Menschen Mutterglück – Megastreß mit Miau. Pfotenstark drängten noch zwei Geschwister ins Leben. Schwarz waren sie alle, spinatgrün das entsetzte Julia-Gesicht. Wie froh war ich, sie endlich zu sehen.

»Spät kommst du, doch du kommst«, schillerzitierte ich.

»Grundgütiger Himmel, jetzt sind es schon drei!«

»Vier, du Döskopp. Wenigstens zählen wirst du doch noch können.«

Wie platzende Sterne grellte das Licht vor meinen Augen. Bleimüde drückte mein erschöpfter Körper das fünfte Kind auf die Decke. Ich sah es liegen, konnte es jedoch nicht erreichen. Es war das Kleinste, so zart und schwach und nicht zum Leben bestimmt. Schrill zitterte die Angststimme der Hebamme in meinen Ohren.

»Sissi, du mußt die Fruchthülle zerbeißen. Es kann sonst nicht atmen.«

»Ich kann nicht mehr.«

»Nur das eine noch«, weinte Julia, »es will doch auch leben.«

Sie hetzte um das Bett herum, diese trampelnde Wuchtschwester in der Not, und kniete sich keuchend nieder. Ich spürte den heißen Dampf ihrer Haut. Eine wärmende Sekunde berührte Julia mit ihren tröstend vertrauten Händen meinen Kopf. Dann nahm sie dieses fünfte, schon sterbende Kätzchen und befreite es mit ihren scharfen Nägeln aus seiner todbringenden Hülle.

»Hilf mir doch«, kotzübelte mein Würge-Engel, »zusammen schaffen wir es schon.«
Ich nabelte diese Winzigste von allen ab und schnurrte so laut, daß das Kleine sich bewegte. Julia legte es an die Zitze, ich trockenleckte es lebendig. Sein Schrei war schwach und sanftsüß, ich katzentatzenselig wie noch nie.
»Meine tapfere Sissi. Du hast's geschafft.«
»Nein, du«, liebmaunzte ich bewundernd.
»Mein Gott, du schnurrst ja die ganze Zeit, meine Süße. Freust du dich denn so, daß du Mama geworden bist?«
Meine strahlende Siegesgöttin war eben doch nur ein Mensch, aber mich hat das nicht gestört. Ich akzeptiere die Menschen, wie sie sind – immer ein bißchen exzentrisch gepolt. Nur wenn sie sich verlieben, glauben sie an das ewige Glück. Wir aber schmerzschreien, wenn wir neues Leben empfangen, doch beim Gebären schnurren wir. Selig sind die Wissenden.
»Die sehen ja aus wie Ratten, die kleinen schwarzen Mäuse.«
Das war mal wieder typisch für meinen pfundsstarken kleinen Dummkopf, immer schön taktlos und total betriebsblind. Mein Erstgeborener hatte weiße Pfötchen und den Ansatz einer feschen weißen Halskrause. Wie sein glücklich vergessener Vater. Das Leben meint es gut mit Katzen. Wir sind alleinerziehende Mütter und stolz auf jedes Kind. Maikätzchen ziehen das größte aller Katzenlose. Mut-

tertagsweich war meine Welt. Schnurr-Schnurr-Glückleck.

Nackte Dickfüße schlichen an mein Wochenbett. Julias zuverlässige Hände reichten mir ein Näpfchen. Ihre Stimme war schöner als ein ganzer Katerchor, ich aber zu erschöpft, um den Kopf zu heben. Sie hat ihn unendlich zart gestützt.

»Rohes Eigelb mit Traubenzucker zur Stärkung«, lockte die himmlische Hebamme.

»Wie bist du denn darauf gekommen?« schlabberfragte ich beglückt.

»Das steht doch im Lehrbuch.«

Welch ein Katzenglück, sich in eine Therapeutin zu verlieben. Sie ist besonnen, gescheit und verliert nie den Überblick. Vor allem liest sie die richtigen Bücher. Ich bin so froh, daß ich das nie verkannt und Julia immer gefördert habe. Sie war mehr als eine gewöhnliche Ärztin, die nur Medikamente verordnet und kopfdenkt. Meine Julia glaubte nur ihrem Herzen. Ohne dieses Herz wäre eins meiner Kinder gestorben.

Wer weiß, was aus dieser Kleinsten und Schwächsten des Wurfes werden würde. Bestimmt keine ordinäre Mäusefängerin, vielleicht eine Prinzessin wie die Mutter. Wunderkindchen hatte jetzt schon mein Gesicht. Der feine Körper war siamesenschlank schön und hatte nichts von der väterlichen Grobstatur.

»Das Baby«, sagte meine bezaubernde Julia, »gebe ich nie mehr her.«

»Brauchst du nicht«, versprach ich ihr, »und jetzt holst du mir noch ein rohes Ei.«
In der Nacht maulschleppte ich meine milchsatten Kinder Stück für Stück in die schönste Wurfkiste der Welt. Nur die kleine Baby-Königin fiepste. Also hatte sie auch mein Temperament. Die würde sich nichts gefallen lassen und unsere Frau Doktor so klug pfotenstark und liebevoll behandeln wie ich.
Wer weiß, ob nicht Julia sogar eines Tages von meiner Tochter lernen würde, nicht immer dann nach Stefan zu rufen, wenn sie Angst hat und Hilfe braucht.
Genau das hatte sie nämlich getan. Ich war nicht verärgert. Nun, da alles vorbei war, störte mich Stefan nicht mehr. Er war ja auch so rücksichtsvoll gewesen, mein junges Mutterglück nicht zu stören.
Stefan und Julia waren auf der kleinen Couch im Wohnzimmer eingeschlafen und baumelten rührend mit den Beinen. Ich knabberte sie wach.
»Ist was?« fragte Julia erschrocken.
»Gratuliere, Prinzessin«, sagte Stefan schüchtern.
»Ihr dürft jetzt ins Bett«, erlaubte ich meinen zwei liebsten Menschen, »aber keine faulen Tricks, bitte. Kinder haben wir wahrhaftig genug.«

224 Seiten, ISBN 3-7844-2658-1

Horst Lampe

Engel mit sanften Pfoten

Eine reizvolle Verbindung von überzeugender Realistik und subtil Übersinnlichem.

Berührende Texte des bekannten Tierbuchautors um eine außergewöhnliche weiße Katze, die bei großen und kleinen Wundern ihre Pfoten im Spiel hat. Sie taucht scheinbar aus dem Nichts auf, und wenn sie - mit sicherem Instinkt - erfolgreich Schicksal gespielt hat, verschwindet sie auf ebenso rätselhafte Weise wieder.

Langen Müller